BBULMEDIA

http://www.bbulmedia.com

GREAT 그레이트 코리아
KOREA

1판 1쇄 찍음 2015년 6월 26일
1판 1쇄 펴냄 2015년 7월 1일

지은이 | 정사부
펴낸이 | 정　필
펴낸곳 | 도서출판 **뿔미디어**

편집장 | 이재권
기획 · 편집 | 윤영상

출판등록 | 2002년 9월 11일 (제1081-1-132호)
주소 | 경기도 부천시 원미구 소향로 17번길(두성프라자) 303호 (우)420-864
전화 | 032)651-6513 / 팩스 032)651-6094
E-mail | bbulmedia@hanmail.net
홈페이지 | http://bbulmedia.com

값 8,000원

ISBN 979-11-315-6531-5 04810
ISBN 979-11-315-6125-6 04810 (세트)

GREAT

그레이트 코리아

KOREA

7

contents

1. 플라즈마 실드 발생장치를 지켜라! ‥7

2. 부나방 ‥43

3. 쟁탈전 ‥77

4. 플라즈마 실드 발생장치를 사수하라 ‥117

5. 라이프 메디텍 보안대 ‥161

6. 대통령의 부탁 ‥197

7. 도약을 위한 준비 ‥239

8. 미국과의 협상 ‥277

1.
플라즈마 실드 발생장치를 지켜라!

남산 삼청각.

이곳은 과거 중앙정보국의 안가였다가 다시 국가안전기획부(안기부)에 이관되어 운영이 되었다.

그러고 또 우여곡절 끝에 민간에 판매가 되어 음식점으로 이용되는 곳이다.

과거에도 국가수반의 비밀 요정으로 쓰였던 곳이라 깊은 이야기를 주고받기에 참으로 안성맞춤인 구조로 되어 있는 곳이기도 하다.

그래서 그런지 이곳 삼청각을 이용하기 위해선 무척이나 비싼 비용을 주어야만 했다.

"무슨 일로 절 보자고 하신 겁니까?"

정명환은 굳은 표정으로 자신의 앞에 앉아 있는 여당의 원내대표인 황준표 의원을 보며 물었다.

정치인들과 가깝지도 그렇다고 척을 지고 살지는 않았지만 눈앞에 있는 황준표 만은 달랐다.

그는 전형적인 부패한 정치인이었다.

돈이 되는 일이라면 어디든 비집고 들어가 입을 벌리는 위인이었다.

다만 뛰어나 처세술과 여당 원내대표라는 권력 때문에 외부에 그런 것이 알려지지 않았을 뿐이다.

하지만 재계나 정계 언론의 알 만한 사람은 다 알고 있는 일이었다.

특히나 친일 행적이 의심되는 위인이기도 하였는데, 그가 표방하는 정책들은 하나같이 일본과 관계된 정책에 한해선 너무도 미온적인 태도를 보였다.

일본의 독도 도발이나 역사교과서 왜곡에 관한 문제가 나올 때면 그는 언론의 질문에 얼버무리거나 소극적인 태도를 보였다.

그렇기에 정명환을 위시한 천하그룹의 오너 일가는 황준표를 좋아하지 않았다.

나라의 일을 하는 국회의원이 나라 일에 소극적인 태도를 보인다는 것은 직무유기라 생각하기 때문이다.

　더욱이 천하그룹의 정씨 일가는 고대(古代)로부터 전통적으로 무장의 집안이었다.

　고려시대에는 무장의 집안으로서 나라를 지키기 위해 목숨을 걸었고, 조선시대에는 외세가 침입을 했을 때 의병을 일으키기도 하였다.

　그리고 일제 강점기 때에는 가산을 털어 독립운동에 투신을 하였다.

　그런 집안이니 마치 박쥐처럼 자신의 이득을 위해 움직이는 위인이나 황준표처럼 자신의 이득이 되는 일에는 큰소리치면서 나라의 일에는 소극적인 소인배와는 상종을 하지 않았다.

　하지만 국회의원 그것도 여당의 원내총무를 무시할 수도 없었다.

　전에 있었던 일로 조금 껄끄러워 웬만하면 다시 만나기 불편한 사이인데, 무엇 때문에 자신을 만나자고 한 것인지 너무도 찜찜했다.

　그런 정명환 회장과는 다르게 만면에 미소를 머금고 그를 보는 황준표 의원은 딱딱하게 물어 오는 정명환의 질문에 능구렁이처럼 부드럽게 대응하였다.

"일이 있어야 정 회장과 술자리를 합니까? 가끔 이렇게 자리를 하고 사회 전반에 걸친 이야기도 하고 또 그룹 경영에 대한 이야기도 듣고 하는 것이죠."

느물거리면 이야기를 하는 황준표는 문득 뭐가 생각이 났다는 듯 감탄성을 치며 입을 열었다.

"아! 내가 정 회장과 만난다고 하니 누가 정 회장을 꼭 좀 봤으면 한다고 해서 오늘 이 자리에 초대를 했습니다."

말은 마치 생각이 나서 그랬다고 하지만 정명환은 오늘 이 자리가 어떻게 만들어졌는지 이제야 알게 되었다.

아직 자리에 있지 않고 곧 온다고 한 인물이 오늘 자신을 이 자리에 불러낸 장본인이란 것을 말이다.

"도착하셨습니다."

황준표 의원의 비서가 방으로 들어와 마지막 손님이 도착했다는 것을 알렸다.

"마지막 손님도 도착했다고 하니 우리 오늘 깊은 대화를 할 수 있겠습니다."

무엇 때문에 여당의 원내총무씩이나 되는 황준표가 이리 너스레를 떠는 것인지 정명환은 알 수가 없었다.

하지만 오늘 이 자리가 결코 좋은 자리만은 아니란 생각이 들었다.

자신에게 이득이 있을 때만 움직이는 위인. 그가 이렇게나 적극적인 것을 보니 황준표 의원에게 엄청난 이득이 작용하는 일이란 것은 분명한 일일 터. 그걸 생각하면 분명 자신이 뭔가 양보를 해야 할 것이기 때문이다.

드르륵!

방문이 열리는 소리가 들리고 방으로 들어오는 인영이 보였다.

'음!'

정명환은 방으로 들어오는 사람의 얼굴을 보고 인상을 구겼다.

"이런! 제가 먼저 와서 기다렸어야 하는데……."

방으로 들어오는 사람은 바로 일신 중공업 사장이자 일신 컨소시엄의 대표인 신원민이었다.

신원민은 애물단지가 된 플라즈마 실드 발생장치를 처리하기 위해 오늘 이 자리를 마련한 것이다.

예전 황준표 의원을 선동해 천하 컨소시엄으로부터 사들였던 것을 이제는 반품을 하려고 이 자리를 마련하였다.

만약 일신 컨소시엄에서 플라즈마 실드 발생장치를 카피할 수만 있었다면 굳이 이런 자리를 마련하려고도 하지 않앉을 것이다.

하지만 기술력 부족인지 아니면 플라즈마 실드 발생장치에 안전장치가 견고한 것인지 건들 때마다 사고를 일으켜 결국 실험은 불발로 돌아갔고, 그로 인한 피해는 엄청났다.

그래서 어쩔 수 없이 남은 물량이라도 반품하려고 이렇게 황준표 의원을 앞세워 천하 디펜스의 회장인 정명환과의 자리를 만든 것이다.

"제가 굳이 이 자리에 있을 필요가 있겠습니까?"

정명환은 안으로 들어오는 신원민의 얼굴을 보고는 자리에서 일어나려고 하였다.

그런 정명환을 황준표 의원이 잡았다.

"정 회장! 이거 너무한 것 아닙니까? 사람 면전에서 이것 참!"

황준표는 자리에서 일어나 밖으로 나가려는 정명환을 보며 소리쳤다.

정명환이 자리에서 나가 버리면 신원민이 약속한 돈을 받을 수 없기 때문에 얼굴을 붉히며 소리친 것이었다.

"이거 저 때문에 그런 것입니까? 제가 늦어서 그런 것이면 죄송합니다. 요즘 회사 돌아가는 것이 워낙……."

신원민은 정명환이 자리에서 일어나는 것을 보며 양해를

구했다.

그가 나가 버리면 어렵게 마련한 자리가 말짱 황이 되는 것이다.

지금도 애물단지로 인해 자금이 묶인 것 때문에 회사는 지금 허덕이고 있었다.

뿐만 아니라 남보다 못한 동생인 신영민이 수작을 부리는 것 때문에 신원민으로서는 신경이 여간 쓰이는 것이 아니었다.

더욱이 요즘 그룹 돌아가는 것을 보면 이상한 조짐이 보였다.

연이은 실패로 인해 자신의 그룹 내 입지가 많이 흔들리고 있는 때, 신영민의 행보에 동조하는 이사들이 늘어나고 있었다.

그뿐 아니라 신영민의 뒤에 일본의 미쓰비 중공업이 있다는 소문이 돌았는지 더욱 어수선했다.

그러니 오늘 자신의 계획대로 애물단지가 된 플라즈마 실드 발생장치를 천하 디펜스에 넘겨야만 했다.

물론 자신의 지시로 실험을 하다 손실된 만큼 금전적으로 손해를 보기는 하겠지만, 어떻게든 애물단지를 반품하고 돈을 가져가야만 이 고비를 넘길 수 있었다.

아쉬운 부탁을 해야 하는 입장이다. 그렇기에 신원민은 오래전 일로 원수나 마찬가지 사이인 정명환을 만난 것이다. 현재 자신은 갑(甲)이 아니라 을(乙)이었다.

그래서 구원군으로 안면도 있고, 이득을 위해서라면 후 안무치한 일도 서슴지 않는 황준표 의원을 중개인으로 넣은 것이다.

이미 황준표 의원에게는 이전보다 더 큰 이득을 약속했다.

현재 그만큼 자신의 사정을 잘 알고 있는 황준표이다. 쉽게 자신의 청을 들어주지 않을 것을 알기에 거래 내용을 크게 하였다.

그런 신원민의 짐작대로 황준표는 이번 거래액의 일 할을 요구하였다.

그리고 신원민도 일단 살고 봐야 했기에 그 제안을 수락한 상태.

많은 돈이 걸려 있어 그런지 신원민은 물론이고 황준표도 밖으로 나가려는 정명환을 붙잡았다.

"정 회장님! 도와주십시오."

신원민은 정명환을 보며 단도직입적으로 부탁을 하였다.

그렇지만 정명환은 그런 신원민을 보며 가타부타 대답을

하지 않았다.

3년 전 자신의 조카가 돌아와서 그나마 더 이상 일신그룹과 대립각을 세우지 않은 것이지, 이전 조카가 돌아오기 전에는 정씨 일가 아니, 천하그룹은 신원민의 일가와 엄청난 대립각을 세웠다.

그 때문에 대통령까지 나서서 중재를 하지 않았는가.

그렇다고 그때의 앙금이 모두 풀린 것도 아닌 지금 자신에게 도와달라는 말을 하는 신원민의 말에 어처구니가 없었다.

막말로 몇 달 전에도 눈앞에 있는 황준표 의원을 앞세워 곤란을 겪게 만든 것이 바로 본인이면서 뻔뻔스럽게 말을 하는 신원민이 참으로 대단하다는 생각까지 들었다.

"요즘 일신그룹이 힘든데, 이런 때 천하에서 도움을 주시면 참 좋겠습니다."

황준표 의원은 신원민의 옆에서 지원사격을 해 주었다.

하지만 그 말을 듣고 있는 정명환은 그 말이 좀처럼 곱게 들리지 않았다.

마치 들어주지 않으면 앞으로 재미없을 것이란 협박처럼 들렸기 때문이다.

그렇지만 정명환은 황준표의 말에 아무런 감정이 실리지

않은 표정으로 대답을 하였다.

"제가 무엇 때문에, 아니, 저희 천하그룹이 무엇 때문에 일신그룹을 도와줘야 한다고 하는 겁니까? 참 듣기 그렇습니다. 일신그룹은 재계서열 5위에 위치한 거대 기업이고, 그에 비하면 저희 천하는 이제 겨우 20위권에 자리하고 있는 기업입니다. 오히려 도우려면 일신그룹이 저희 천하를 도와줘야 하는 것 아닙니까?"

뻔뻔스러운 신원민이나 은근하게 압력을 행사하는 황준표 의원의 말에 정명환은 억양에 높낮이도 없이 그렇게 대답을 하였다.

정명환의 그런 대답에 신원민은 물론이고 그를 돕기 위해 지원사격을 하던 황준표 또한 얼굴이 붉게 달아올랐다.

말이야 바른말이지 현재 악재로 인해 휘청거리기는 하지만 그래도 자산 규모면에서 일신과 천하는 비교할 수 없을 정도로 차이가 심한 것이 사실이다.

물론 천하 디펜스가 주축이 된 컨소시엄에서 대한민국의 차세대 주력전차를 생산하는 업체로 선정이 되면서 관련 그룹 전체가 현재 상승세라 어느 정도 줄어들기는 하였지만, 아직도 멀었다.

이런 것을 들먹이니 신원민이나 황준표는 할 말을 잊었다.

그렇지만 그 말에 수긍을 하고 포기할 수는 없는 입장인 신원민은 어떻게든 천하 컨소시엄으로부터 사들인 애물단지를 처분해 자금을 마련해야만 했다.

"정 회장님! 외형이야 그럴지 모릅니다. 하나 정 회장님께서도 아시겠지만 현재 저희 그룹의 사정이 어렵습니다. 제발 도와주십시오."

신원민은 정말이지 정명환이 그냥 자리를 일어날 것만 같아 얼른 사정을 하며 다시 한 번 애원을 하였다.

"저희가 사들인 플라즈마 실드 발생장치를 제발 반품할 수 있게 도와주십시오."

신원민이 이렇게 정명환을 붙들고 도와달라고 하는 이유는 전에 신원민이 앞에 있는 황준표 의원과 협잡을 하여 억지로 플라즈마 실드 발생장치를 자신들도 구입할 수 있게 했었기 때문이다.

천하 컨소시엄에서는 국회의 명령에 어쩔 수 없이 그 말을 들어줄 수밖에 없었다.

그렇지 않으면 국회에 걸린 특별법을 통과시키지 않겠다고 했기 때문이다.

천하 컨소시엄으로서는 어쩔 수가 없었다.

특별법이 통과되어야만 그동안 전차개발에 들어간 비용

을 회수하고 수익을 낼 수 있기 때문이다.

하는 수 없이 국회 명령을 수락할 수밖에 없었지만 천하 컨소시엄도 이대로 당하지만은 않겠다는 심정으로 특별조항을 일신 컨소시엄과 계약할 때 넣었다.

그것은 바로 일신 컨소시엄이 재시험에서 탈락을 했다고 해서 플라즈마 실드 발생장치를 반품하지 못하게 하는 조항을 집어넣은 것이다.

자신들이 개발한 전차에 대한 자부심이 있었기에 가능했다.

그리고 그런 조항을 삽입하는 걸 일신 컨소시엄도 흔쾌히 수락을 하였는데, 이는 일신 컨소시엄 또한 플라즈마 실드 발생장치만 아니면 대한민국의 차세대 주력전차 선발에 선정될 수 있다는 자신감에서 비롯된 것이다.

그렇지만 결과는 예상과 다르게 다시 한 번 천하 컨소시엄에서 개발한 전차가 선정이 되었다.

1조라는 돈이 한순간에 공중으로 사라지게 생긴 것이다.

더욱이 천하 컨소시엄에서 반품을 받아 준다고 해도 이백 개 전량 반품을 할 수도 없었다.

플라즈마 실드 발생장치 다섯 개를 실험을 한다는 명목으로 분해하여 연구를 하려다 파괴되었기 때문이다.

신원민은 어떻게든 남은 장치를 반품해 자금을 마련해야 했기 때문에 정명환을 붙들고 협상을 하였다.

한참 이야기를 하던 사람들은 점점 지쳐 갔다.

"제발 부탁드립니다."

"정 회장! 나도 이렇게 부탁하네! 이대로 가다간 제2의 IMF사태가 발생할 수도 있는 문제네!"

황준표는 조금 과장을 하며 정명환을 설득을 하였다.

하지만 황준표의 말은 단순히 과장만이 아니었다.

현재 일신그룹을 필두로 돌아가는 상황이 IMF사태가 발생하던 때와 매우 흡사했기 때문이다.

당시 거대기업이 태우그룹 무너졌듯 일신그룹이 지금 그 비슷한 상황에 처해 있었다.

연이은 사업 실패와 그룹 전반에 걸친 부정적인 소문이 퍼지고, 만기된 어음뿐 아니라 아직 만기가 남은 어음까지 불안 심리로 인해 엄청난 할인율에도 불구하고 속속 은행에 접수가 되고 있었다.

이 때문에 일신그룹과 거래를 하는 은행에서도 더 이상의 지원이 어렵다는 답변이 올라왔다.

그러니 신원민이 이렇게 애가 타는 것이었다.

일신그룹에 아직 여력이 있다는 것을 보여 주기 위해선

뭔가 계기가 필요했다.

그리고 그건 계기는 가까운 곳에 있었는데, 그게 바로 플라즈마 실드 발생장치를 구입하는 데 쓰인 1조 원을 회수하는 것이었다.

자신들의 실수로 원금 1조 원을 모두 돌려받을 수는 없겠지만 그래도 어느 정도 자금을 돌려받을 수만 있다면 현재의 위기를 충분히 극복할 수 있을 것이란 생각이다.

"신 사장이 그렇게 부탁을 하니 어쩔 수 없이 들어주기는 하겠지만 우리 천하에서 판 금액에 다시 사들일 수는 없습니다."

"예, 그건 감수하겠습니다."

"다시 한 번 말씀드리지만 저희가 판매한 제품에 문제가 있어서 반품하는 것이 아니라 일신 컨소시엄에서 필요 없게 된 물건을 사들이는 것이니 그것은 감안하셔야 합니다."

정명환은 한참 줄다리기를 하던 것에서 한발 물러나 신원민의 부탁을 들어주었다.

다만 대당 50억으로 판매했던 그 가격 그대로 주기에는 아까워 그럴 수 없다는 것을 명시했다.

"당연하죠."

신원민은 정명환의 말에 어금니를 지그시 깨물며 대답을

하였다.

하지만 대놓고 저리 말하니 내심 불안하기도 했다.

도대체 얼마를 책정하려고 저런 엄포를 내는 것인지 두려움이 생겼다.

"신차를 사서 반품을 해도 중고차가 되듯 그것도 그렇게 처리하겠습니다."

정명환은 이미 이런 것을 예상하기라도 했다는 듯 플라즈마 실드 발생장치의 가격을 절반으로 책정을 해 버렸다.

"아니, 그래도 50억짜리를 절반에 산다는 것은……."

신원민은 설마 플라즈마 실드 발생장치의 가격을 절반이나 깎을지는 상상도 못하였다.

그런데 정명환은 실제로 그렇게 대당 가격을 절반이나 깎은 25억에 되사겠다는 말을 하니, 신원민으로서는 정말이지 눈뜨고 코 베이는 경험을 하게 되었다.

"싫으시면 거래를 하지 않으셔도 됩니다. 저희로서는 손해날 것이 없으니……."

사실 현재 칼자루를 쥐고 있는 것은 부탁을 하는 신원민이 아니라 정명환이었다.

절반의 가격이라도 감지덕지 하며 받아들여야만 했다.

더욱이 현재 그룹 전반에 돌아가는 사정을 알고 있는 신원민은 이복동생인 신영민의 움직임이 심상치 않은 이때, 빈틈을 보였다가는 어떤 일이 벌어질지 모르기 때문이다.

"알겠습니다. 그 가격 받아들이겠습니다."

신원민으로서는 속에서 부하가 치밀었지만 어쩔 수 없었다.

"그럼 전량 회수가 되는 대로 입금하겠습니다."

플라즈마 실드 발생장치는 그리 크지 않은 물건이다.

다만 물건의 특수성이 있기에 철저한 보안이 필요했다.

그러니 거래를 하는 입장에서 물건을 안전하게 건네받은 뒤에 돈을 지불하려는 것이다.

전략물자로 묶인 품목이니 만약 일부라도 외부에 흘러 들어가게 된다면 어떤 문제가 발생할지 모르기 때문이다.

이때 신원민은 얼른 자신들이 파손시킨 게 있다는 것을 말했다.

괜히 나중에 숫자가 맞지 않았을 때 문제가 되기 때문이다.

아무리 재계서열 5위의 대기업이라고· 하지만 국가에서 안보 문제로 지정한 품목이 이유 없이 숫자가 부족한 사태를 야기했다가는 이번에 발생한 위기와는 그룹에 끼치는 영향은 비교 불가였다.

그렇기 때문에 이 자리에서 솔직하게 파손시킨 수량까지 알렸다.

　그 때문에 추가로 금액이 삭감되었지만 어쩔 수 없었다.

　신원민으로서는 지금 이 자리에선 모든 것을 수용할 수밖에 없는 입장이기 때문이다.

　협상이 마무리될 때까지 방 안에 있던 사람 누구도 앞에 있는 음식은 손도 대지 않고, 정리되자마자 모두 자리에서 일어나 방을 나갔다.

　하긴 좋은 관계도 아닐뿐더러 얼마 전 얼굴을 붉혔던 관계이니 한시라도 빠르게 자리를 벗어난 것이다.

　방을 나와 삼청각 주차장에 이른 이들은 누가 먼저라고 할 것 없이 인사를 하고 떠났다.

　"그럼 먼저 들어가겠습니다."

　"정 회장! 전 아직 당에 일이 남아 있어서 그럼 이만……."

　신원민과 황준표 의원은 볼일이 끝나자 그렇게 인사를 하고 떠났다.

　신원민은 며칠 뒤 정식으로 일신 컨소시엄이 가지고 있는 플라즈마 실드 발생장치 반환에 대한 계약을 위해 다시 봐야 한다.

　오늘은 구두로 약속만 하였으니 정식 계약서를 마련해야

만 했다.

◈　　　◈　　　◈

"제길, 이게 지금 잘하는 짓인지 모르겠네!"

김상문은 폐쇄된 일신 컨소시엄의 연구소가 자리한 파주에 와 있었다.

그가 이곳에 온 이유는 그의 직속 상급자인 신영민의 지시로 연구소에 남아 있는 전차개발 자료와 애물단지가 된 플라즈마 실드 발생장치 일부를 빼돌리기 위해서다.

물론 직접 연구소에 들어가 물건을 빼돌리는 것은 아니고, 전문가에게 의뢰를 한 후 이 모텔에서 넘겨받기로 하였다. 그렇기에 이곳에 와 대기를 하는 것뿐이다.

그런데 김상문은 지금 무한한 갈등에 시달리고 있었다.

비록 출세욕에 눈이 어두워 신영민의 제안을 받아들이기는 했지만 이곳 파주까지 오다 보니 문득 걱정이 된 것이다.

비록 전문 지식은 없지만 지금 자신과 신영민이 빼돌리려고 하는 물건은 뉴스를 통해 어떤 것인지 알고 있었다.

국가에서도 전략물자로 지정해 외부 반출을 금지한 품목

으로 만약 잘못되었다가는 평생 햇빛도 보기 힘든 국정원 비밀감옥에 수용될지도 모를 일이었다.

물론 그런 곳이 있다면 말이다. 항간에 그런 곳이 진짜로 있다 없다 말들이 많은데, 사실로 확인된 것은 없었다.

하지만 예전 군사정권 하에서는 그런 곳이 실제로 운용되었다는 소문이 있었다.

물건을 빼돌리는 데 성공을 한다면 대한민국 재계서열 5위의 일신그룹 계열사 사장이 되는 것이고, 만약 잘못된다면 꼬리를 끊고 잠적을 해야 할 것이다.

자신이 의뢰를 한 자는 전문가였다.

절대 붙잡혀도 자신의 신분을 발설하지 않을 것일 터, 아니, 그도 정확하게 자신이 의뢰를 했다는 것을 알지 못한다.

의뢰를 할 당시 혹시 만약을 위해 신분을 숨기고 제3의 인물을 내세웠기 때문이다.

그런데 김상문은 이상하게 마음이 놓이지 않았다.

비록 폐쇄가 된 연구소이기는 하지만 아직 경비 인력이 남아 있었기 때문이다.

사설 경비도 아니고 안에 있는 물건이 물건이다 보니 군인들이 연구소 출입구는 물론이고 연구소 담장 곳곳에

CCTV를 설치한 채 감시를 하고 있었다.

그러니 김상문으로서는 하수인을 기다리는 것이 여간 초조한 게 아니었다.

똑똑!

갑자기 문밖에서 노크 소리가 들렸다.

"누구요?"

"배달이요."

늦은 시각 무슨 배달이란 말인가? 하지만 김상문은 밖에서 들리자 얼른 문에 바짝 다가가 물었다.

"안 시켰는데요."

주문을 하지 않았다는 말을 하며 귀를 문에 바짝 가져다 댔다.

그러자 밖에서 다시 소리가 들렸다.

"육계장과 일신 제약에서 나온 소화제를 주문하시지 않으셨습니까?"

자신이 다니는 회사명과 소화제란 말이 들리자 그제야 문을 열었다.

"아, 제가 주문한 것 맞네요."

방금 전 김상문과 문밖에 있던 사람이 주고받은 대화는 사실 이들이 사전에 약속된 암호였다.

늦은 시각 남자가 머물고 있는 모텔에 여자가 아닌 남자가 접근한다는 것은 무척이나 부자연스러운 일이기 때문에 혹시나 남들에게 들켰을 때를 대비한 암호였다.

"여기 있습니다."

방 안으로 들어온 남자는 들고 온 가방을 김상문 앞에 내려놓았다.

남자가 들고 온 배달 가방에는 검정색 상자가 들어 있었다.

가로세로 30㎝ 높이 10㎝의 크지 않은 물건이었다.

검은 상자 위에는 제조 번호만 작게 적혀 있는 무척이나 산뜻한 디자인의 상자였다.

"맞군!"

김상문의 자신이 주문한 물건이 맞자 고개를 들었다.

"여기 잔금이오."

자신이 가져온 가방에서 조금 작은 가방을 꺼내더니 남자에게 밀었다.

남자는 자신의 앞으로 밀려온 가방을 열어 내용물을 확인하고는 바로 닫았다.

그런 남자를 본 김상문은 고개를 갸웃거리며 물었다.

"확인하지 않는 것이오?"

남자는 김상문의 질문에 한쪽 입꼬리만 살짝 비틀어 올리며 차갑게 중얼거렸다.

"맞겠지. 만약 나중에 확인해서 금액이 틀리면 뭐, 그만한 대가를 치르게 해 주면 되는 것이니……."

무척이나 작은 목소리였지만 김상문의 귀에는 아주 또렷하게 들렸다.

그런데 김상문은 문득 의문이 들었다.

자신은 의뢰를 하면서 제3자를 통해 의뢰를 하였고, 또 지금도 변장을 하고 있어서 정체를 숨기고 있는데, 지금 눈앞에 있는 남자는 자신의 정체를 알고나 있다는 듯 말을 하고 있으니 그것이 의문이었다.

"그럼 난 이만."

남자는 자신의 볼일이 끝났기에 조용히 자리를 떠났다.

떠나는 남자의 뒷모습을 잠시 지켜보던 김상문은 곧 그에게서 관심을 끊었다.

이제부터 최대한 빠르게 자신에게 넘어온 물건을 가지고 신영민에게 가져다주어야 하기 때문이다.

"이것만 무사히 신영민 사장에게 가져다주면, 내가 일신 그룹 계열사 사장이 된다."

김상문은 자신의 앞에 놓인 검은 상자를 보다 자신도 모르게 그렇게 중얼거렸다.

조금 전까지만 해도 불안에 떨던 모습은 온데간데없고 장밋빛으로 빛날 자신의 미래가 보이듯 김상문의 약에 취한 것처럼 중얼거리며 플라즈마 실드 발생장치를 쳐다보았다.

"이러고 있을 때가 아니지, 어서 이것을 신 사장에게 가져다줘야지."

김상문은 테이블에 놓인 플라즈마 실드 발생장치를 들어 준비한 가방에 넣었다.

5kg 정도 되는 무게의 상자 3개를 준비한 가방 깊은 곳에 넣은 김상문은 모텔을 빠져나왔다.

차를 타고 모텔을 빠져나가는 김상문의 차가 어둠 속으로 사라지자 조금 전 김상문에게 플라즈마 실드 발생장치를 가져다주었던 남자가 길모퉁이에서 나와 어디론가 전화를 걸었다.

"미끼를 전달했습니다."

간단하게 보고한 남자는 잠시 김상문이 사라지는 거리를 보다 자취를 감췄다.

탁!

현장에 나가 있는 요원의 보고를 받은 김석원은 전화기를 끊었다.

전화를 끊은 그의 표정이 너무도 굳어 있어 그를 보는 다른 요원들의 표정도 덩달아 굳어졌다.

"이 시간부터 우린 작전에 돌입한다. 매국노들을 소탕할 때까지 퇴근이란 없다."

국정원 5국의 국장 대우 차장인 김석원이 그렇게 선언을 하였다.

아직 5국이 정원이 채워지지 않은 관계로 그의 직급도 차장에서 국장으로 승진을 하지 못하고 다만 국장 대우라는 요상한 꼬리표가 붙은 것이다.

김석원은 이미 국정원 내에서 실무와 사무를 고루 경험을 한 국정원 내에서도 베테랑이었고 또 국정원 직원들에게도 신망이 두터웠기에 극비인 5국의 국장으로 내정이 되었다.

그러니 지금 자리에 있는 요원들은 그런 김석원의 매국노 소탕이란 말에 각오를 다시 하였다.

더욱이 지금 들어가는 작전은 군은 물론이고 정부에서도

무척이나 민감한 물건에 대한 불법으로 국외로 반출하려는 반역자를 잡기 위한 작전이다.

김석원이 어떻게 그런 정보를 가져왔는지는 모르지만 이미 작전은 들어갔다.

그리고 반역자들은 이미 움직이기 시작했으니 자신들은 명령에 따라 반역자들이 물건을 외국으로 반출하지 못하게 막는 일만 남은 것이다.

"차장님!"

"왜?"

"그런데 저희 인원만으로는 부족하지 않겠습니까? 더욱이 들어온 정보에 의하면 일본에서 NNSA의 수장인 사이고 다가모리와 직속 닌자대가 움직였다고 하는데 말입니다."

5국 내 김석원을 보좌하는 장민석 과장이 물었다.

그도 마음 같아서야 나라의 비밀병기를 팔아먹으려는 매국노들을 자신의 손으로 일망타진하고 싶은 마음이야 굴뚝이지만 현실은 그렇지 못했다.

방금 언급한 NNSA는 일본이 기존의 내각조사실만으로 날로 복잡해지는 국제 정세에 발맞춰 일본이 움직일 수 없다는 생각에 확대 개편한 집단이다.

조금 음울한 이야기지만 국정원의 능력은 일본의 NNSA보다 밑이었다.

그런데 NNSA 내에서도 스페셜리스트인 닌자대가 한국으로 들어온 것이다.

침투와 암살을 주특기로 하는 그들을 막기에는 자신들로는 부족하다는 생각을 하고 있기에 걱정이 앞섰다.

"그건 걱정하지 않아도 된다."

"네? 그게 무슨 말씀이십니까?"

"그들을 막아 줄 이들은 준비되어 있으니 걱정하지 말고, 우린 그것을 팔아먹으려는 반역자들이 빠져나가지 못하게 현장에서 일망타진 할 수 있게 준비를 하도록."

김석원은 과장인 장민석이 무슨 생각으로 그런 말을 하는 것인지 잘 알고 있다.

그렇기에 이미 일본의 닌자대를 대비한 준비를 이미 수립하였기에 걱정이 없었다.

다만 이번 일로 현재 한국에 들어와 있는 외국의 특수부대들이 너무도 많아 조금 걱정이 되었다.

미국 CIA의 처리반이나 그와 비슷한 성격을 가지고 있는 중국 MMS의 흑검뿐만 아니라 러시아에서도 특수부대인 빔펠의 한 개 팀이 들어왔다는 정보를 취득하였다.

◈　　◈　　◈

"수한아."

"예."

"이대로 괜찮겠느냐?"

명환은 무엇이 그리 걱정이 되는 것인지 조카인 수한을 붙들고 계속해서 물었다.

그런 삼촌의 질문에 수한은 그가 무엇 때문에 그리 걱정하는지 잘 알고 있지만 자신은 전혀 걱정할 것이 없다는 것을 알기에 편하게 대답을 하였다.

"다 잘될 것이니 그리 걱정하지 않으셔도 됩니다. 제가 다 조치를 취해 놓았습니다. 그리고 일이 잘못되어 물건이 외부로 넘어간다고 해도 그것 또한 대책을 세워 두었으니 걱정하지 마세요."

수한은 이미 만반의 준비를 맞춰 놓은 상태다.

신영민이 **빼돌리려는** 플라즈마 실드 발생장치는 물론이고, 저들이 거래를 하려는 장소에는 이미 국정원에서 나온 요원들뿐만 아니라 지킴이 소속 무인들, 자신이 데리고 있는 탈북자 출신의 경호원들도 있었다.

더욱이 이번 일은 천하그룹 정대한 회장의 귀에도 들어갔기에 천하그룹 산하 천하가드의 특급 경호원들, 정씨 가문의 본가에 있는 무력대도 동원이 된, 아주 거대한 그물망이 펼쳐져 있었다.

이는 무협소설에 나오는 천라지망을 방불케 할 정도로 거대한 함정이었다.

그렇게 수한이 짜 놓은 그물망에 신영민은 아무것도 모르고 뛰어든 것이다.

사실 이건 수한이 신영민을 타깃으로 계획한 것은 아니었다.

그렇지만 욕심 많은 일신그룹의 누군가가 자신을 파멸로 이르게 만드는 미끼인지도 모르고 먹이를 물 것이라 생각했다.

다만 수한의 예상으로는 신형전차 개발에 경쟁을 했던 신원민이 미끼를 물것이라 예상을 했는데, 그의 동생인 신영민이 먹이를 물지는 예상하지 못했다.

플라즈마 실드 발생장치에 접근하기도 쉽고 신형전차 선정에도 탈락했기에 입지가 불안해진 신원민이 자신이 나서서 일본과 협상을 할 것으로 예상을 했었다.

하지만 사업가로서 감각이 있는 신원민은 플라즈마 실드

발생장치를 복제할 생각을 했었다.

물론 복제에 실패한 신원민도 그룹에서 입지가 줄어들자 그런 생각을 하지 않은 것은 아니었지만, 국가에서 전략물자로 묶여 있는 물건의 경우 감당해야 할 것들이 너무 컸기에 욕심을 버렸다.

그러한 신원민과 다르게 일신제약의 신영민의 입장은 또 달랐다.

이대로 그룹의 후계 구도가 굳혀지면 그에게는 미래가 없었다.

후계자인 신원민과는 처음부터 맞지 않았다.

신원민은 본부인이었고, 자신은 첩의 자식이었다.

그 때문에 어려서부터 갖은 고초를 겪으며 성장을 하였다.

그리고 성인이 되어서도 그렇다. 이복형인 신원민이 그룹 핵심 부서의 이사로 재직을 하고, 또 후계자로서 착실히 단계를 밟아 갈 때 그는 힘들게 지금의 위치에 올랐다.

그러던 차에 신영민에게 기회가 왔다.

굳건하던 신원민의 연이은 사업의 실패로 후계 구도가 흔들리기 시작한 것이다.

그리고 그러한 때에 외부에서 솔깃한 제안이 들어왔다.

신영민에게는 선택의 여지가 없었다. 이대로 흘러가면 자신의 미래는 대그룹 일신그룹의 일원이 아닌, 이복형 신원민이 던져 주는 애완견 정도의 삶만이 남은 것이다.

그것도 신원민이 마음이 후했을 때의 이야기고, 만약 신영민을 죽이려 한다면 아무런 흔적도 남기지 않고 죽일 수도 있는 문제였다.

그렇기에 신영민은 외부의 유혹에 넘어간 것은 그에게는 생존을 위한 일이었다.

수한이 그것까지는 알 수는 없었지만 어찌 되었든 신영민이 수한이 쳐 놓은 덫에 미끼를 문 덕분에 복수를 할 수 있는 기회를 잡았다.

이번 일은 단순하게 일신그룹이 흔들리는 정도가 아니라 그룹 전체에 영향이 미치는 엄청난 일이다.

국가에서 금지한 품목을 불법을 저지르려고 한 일이기 때문이다.

아무리 대그룹이고 여야에 고루 영향력을 행사할 수 있다고 하지만 어느 누구도 이번 사태가 불거지면 그들을 도우려는 행동을 하지 않을 것이다.

만약 그들을 도우려다가 자신도 딸려 들어갈 수 있기 때문이다.

거함이 침몰할 때는 되도록 침몰하는 배와 멀리 떨어져야 안전하기 때문이다.

"그런데 삼촌께서는 제가 알려 드린 것처럼 신원민과 계약을 하신 것입니까?"

"그래, 설마 그런 조건에 그들이 계약을 할지는 상상도 못했다."

수한은 일간 일신에서 플라즈마 실드 발생장치 때문에 연락이 올 것을 예상하고 있었다.

애물단지가 된 그것을 어떻게든 처분을 해 자금을 회수해야만 하는데, 전략물자로 묶인 플라즈마 실드 발생장치를 처분하기 위해선 어쩔 수 없이 천하 컨소시엄에 연락을 할 수밖에 없었다.

국내에서 그것을 처분할 수 있는 곳은 천하 컨소시엄이 유일하기 때문이다.

그리고 일신이 또다시 권력을 이용하려고 할 것을 예상한 수한은 그때를 대비해 새로운 계약서를 작성해 두었다.

이 새로운 계약서에는 일신 컨소시엄이 천하 컨소시엄으로부터 플라즈마 실드 발생장치를 살 때 가격의 1/4로 책정되어 있었다.

일신 컨소시엄으로서는 정말로 억울할 수도 있는 일이었지만 현재 그룹 사정으로는 그것도 울며 겨자 먹기로 수용할 수밖에 없었다.

그만큼 일신그룹은 사정이 좋지 못했다.

애초에 국회의원을 동원에 사업 실패를 뒤집으려고 했던 그것이 잘못되었다.

처음 신형전차 선정에서 패배를 했을 때 포기를 했으면 이렇게까지 어려워지지는 않았을 것이다.

그저 전차개발에 들어간 자금 일부를 손해 보는 것으로 끝났을 일인데, 억지로 순리를 거역한 대가는 엄청났다.

어떻게 새 나간 것인지는 모르겠지만 모든 정황이 언론에 유포가 되었다.

대한민국 국민은 오래전부터 정경유착이니 그런 것 때문에 부자들의 행사에 무척이나 부정적인 인상을 가지고 있었는데, 일신그룹은 특히 더했다.

그러던 차에 언론을 통해 신형전차 선정에 대한 내막이 알려지면서 일신그룹은 국민에게 소위 흔한 말로 찍히고 말았다.

억지로 순리를 거역했으면 선발이라도 되었다면 타격이 적었을 것인데, 선정에도 탈락하고 예산만 1조 원이나 탕진을 했으니 이 일은 도미노가 쓰러지듯 일신그룹에 악영향을 미쳤고, 오늘에 이르게 되었다.

"그건 걱정하지 마라. 나는 물론이고 네 할아버지도 단단히 준비하고 있으니."

정명환은 수한에게 걱정할 것이 없다는 말을 하였다.

수한의 말이 없더라도 오랜 적이었던 일신그룹을 쓰러뜨리기 위해 만반을 준비하고 있던 천하그룹이었다.

그러니 이번 기회에 자신들이 가지고 있던 일신그룹의 비리를 만천하에 고개를 하려고 작정을 하였다.

물론 그 때문에 대한민국 정계에 적잖은 파장이 있을 것이지만, 그건 잠시일 뿐이다.

예전 IMF사태를 야기했던 때와는 지금은 상황이 많이 달랐다.

대한민국의 경제는 예전과 다르게 한 번 시련을 겪은 뒤 더욱 탄탄하게 다져졌다.

그러니 대한민국 경제는 그리 걱정할 것이 없었다.

이 또한 일신그룹을 잡기 위해 준비를 하는 과정에서 미치는 영향을 최소한으로 줄이기 위해 준비를 하였다.

수한은 지킴이 회의에서 관련 회원들에게 일신그룹이 해체되었을 때 그들이 가지고 있던 것들을 회수하려는 계획을 세웠다.

예전 일신그룹이 다른 기업을 삼켰던 것처럼 만신창이가
된 일신그룹은 다른 기업들에 의해 해체되고, 피해는 최소
화 되도록 방법을 마련해 두었다.

2.
부나방

아침 일찍부터 울린 전화벨 소리에 신원민은 절로 인상이 찡그려졌다.

연이은 사업 실패로 그룹에서 자신의 입지가 흔들리는 것 때문에 받는 스트레스를 해소하기 위해 오랜만에 밤새 달렸다.

한참 잘나가는 톱스타를 불러 진한 밤을 보낸 것은 물론이고 분위기 때문에 절제하던 술도 마셨다. 거기다 애물단지와도 같던 플라즈마 실드 발생장치를 헐값이지만 털어냈다.

그것으로 인해 똥물을 뒤집어쓰기는 했지만 어찌 되었든

가지고 있어 봐야 하나 득 될 것이 없었기에 속은 시원했다.

만약 협상이 잘되지 않았다면 두고두고 자신의 속을 아니, 그룹의 발목을 잡았을 물건이다.

국가 전략물자로 묶인 품목이라 수시로 국가에서 점검을 할 것이다. 그것을 빌미로 상당 부분 업무에 부담을 받을 것이 분명했기에 엄청난 손해에도 과감하게 포기를 하였다.

물론 아버지와 이사회에 그 문제로 상당히 많은 지적을 받기는 했지만 정부의 통제를 받으며 사업을 하는 것보다는 낫다는 판단을 피력하자 무난하게 넘어가게 되었다.

아무튼 이런 이유로 그동안에 받았던 스트레스를 풀 겸해서 밤새 광란의 파티를 하였다.

그렇게 달리고 늦게까지 잠을 청하고 있었다.

하지만 자신이 밤새 파티를 하는 동안 회사는 엉뚱한 일에 직면하게 되었다.

"그게 무슨 소리야! 수량이 부족하다니?"

파주에 있는 연구소 소장이 아침 일찍 전화를 해 왔다.

오늘 천하 컨소시엄에서 사들였던 플라즈마 실드 발생장치의 남은 수량을 천하 컨소시엄으로 이송해 주기로 한 날이다.

원칙대로라면 자신도 오늘 아침 일찍 파주 연구소에 있어야 했다.

우선 일신 컨소시엄의 최고 책임자는 연구소장이 아니라 바로 자신이기 때문이다.

그렇지만 어제 너무 마신 술 때문에 늦잠을 자는 바람에 파주에 가지 못했다.

그런데 지금 전화기 너머로 청천병력 같은 소리가 들려왔다.

연구소 창고 깊은 곳에 보관되어 있어야 할 플라즈마 실드 발생장치의 일부가 사라졌다는 것이다.

정확하게 다섯 개의 플라즈마 실드 발생장치가 부족하다는 말이었다.

"도대체 관리를 어떻게 했기에 그것을 도난당한단 말입니까? 경비들은 그 시각에 무엇을 했다는 말입니까? 내 곧 그곳으로 갈 터이니 기다리시오."

신원민은 자리에서 일어나 화장실로 들어갔다.

아직 술기운이 모두 해소된 것은 아니지만 방금 전 전화의 내용 때문에 한 순간 숙취가 확 가시는 느낌이었다.

아니 뒷목으로 해서 싸한 냉기가 등 뒤로 훑고 지나가는 느낌이 너무도 섬뜩하였다.

쏴! 쏴!

차가운 물줄기가 아직 숙취로 인한 몽롱함을 날려 버렸다.

샤워를 마친 신원민이 화장실을 나와 벗어 놓은 옷을 입기 위해 침실로 들어갔다.

침대에는 어젯밤 자신의 파트너였던 미녀가 알몸으로 너부러져 있었지만 지금 그의 눈에는 그것이 들어오지 않았다.

현재 그에게는 새하얀 미녀의 알몸도 시트 밖으로 살짝 고개를 내민 봉긋한 가슴도 아무런 감흥을 주지 못했다.

쿵!

옷을 입자마자 어젯밤 파트너에게 메모도 한 장 없이 방을 빠져나왔다.

참으로 매너라고는 찾아볼 수 없는 행동이었지만 현재 신원민의 정신으로는 그런 것까지 챙길 여유가 없었다.

자칫 잘못하다가는 정말로 일신그룹 후계자 자리가 날아갈 판이었다.

아니 후계자 자리가 문제가 아니라 사안이 사안이다 보니 잘못하다가는 모든 잘못을 자신이 뒤집어쓰고 더러운 감옥에 수감될 수도 있었다.

　　　　◆　　　◆　　　　◆

　파주 일신 중공업 연구소.

　일신 컨소시엄이 프로젝트 실패로 해체가 되면서 일신 컨소시엄의 차세대 주력전차를 연구하던 연구소는 그 이름을 바꿔 일신 중공업 연구소가 되었다.

　그런데 지금 이곳 연구소는 정말로 난리가 났다.

　차라리 전쟁이 났다면 다행일 정도로 이곳 연구소 직원들에게 청천벽력 같은 일이 출근하니 이들을 기다리고 있었다.

　"실장! 아직도 파악이 되지 않은 것인가?"

　김종연 소장은 연구소 경비실장을 불러 물었다.

　하지만 경비실장이라고 해서 뾰족한 해결책이 없었다.

　연구소에서 물건을 훔쳐 간 도둑은 프로 중의 프로였다.

　그 어떤 작은 흔적도 현장에 남겨 놓은 것이 없었다.

　아니, 흔적은 남아 있었다. 무엇 때문인지 물건을 훔치고 그곳에 자신의 사인을 남겨 놓은 것이다.

　마치 소설에 나오는 괴도처럼 자신을 알리기 위한 것인지 아니면 자신들을 놀리려는 것인지 그 이유는 알 수 없으나, 자신만의 흔적을 남긴 것이다.

그렇지만 그것만 가지고 범인을 잡는 건 사실상 불가능이었다.

그 때문에 경비실장은 김종연 소장의 질문에 답을 할 수가 없었다.

소장이 경비실장을 붙들고 닦달을 하고 있을 때 마침 신원민이 그곳으로 들어오고 있었다.

"어떻게 된 일입니까?"

서울에서 이곳 파주까지 쉬지 않고 달려온 신원민은 일단 사건의 개요를 듣고 싶었다.

그래야 대책을 세울 수 있기 때문이다.

이렇게 아무 대책 없이 있다가 도난 물품이 전략물자인 플라즈마 실드 발생장치라는 것이 외부에 알려지기라도 했다가는 큰 낭패를 볼 수 있었다.

신원민의 말에 김종연 소장은 침중한 표정으로 자신이 알고 있는 것을 그대로 들려주었다.

아침 일찍 출근을 해 자신의 사무실에 들어서던 김종연

은 사무실 입구에 서성이는 경비실장을 보았다.

"경비실장이 여긴 무슨 일인가?"

"아! 오셨습니까?"

자신을 보며 인사를 하는 경비실장의 표정이 심상치 않음을 느낀 김종연은 차분한 표정으로 다시 물었다.

"현재 그룹 상황이 좋지 못한데, 자네는 그런 우거지상을 하고 있는 거야!"

상황 파악을 못하는 듯한 경비실장을 꾸짖으며 그렇게 물었다.

하지만 경비실장의 입에서 나온 대답은 그로서 전혀 생각지도 못한 대답이었다.

"그것이…… 연구소 물품 창고에 도둑이 든 것 같습니다."

"뭐요?"

김종연은 자신이 지금 잘못 들은 것은 아닌지 다시 한번 물었다.

하지만 들려온 대답은 그의 예상을 벗어났다.

"A동 1—3구역을 돌던 경비에게서 아침 일찍……."

경비실장은 아침 일찍 어제 경비를 서던 경비원의 전화를 받고 출근한 뒤 자신이 조사한 것들을 김종연 소장에게 보고를 하였다.

"그것이 어떤 물건인데, 그것을 도둑맞는단 말이야!"

김종연은 경비실장의 말을 듣고 어처구니가 없었다.

지금 보고를 하는 경비실장은 도난당한 물건의 가치를 아직 인지하지 못하고 간단한 물품 정도로 생각해 보고를 하였다.

하지만 도난당한 그 물건은 겨우 연구소에서 쓰는 물품으로 단순 도둑맞은 것으로 끝날 일이 아니었다.

국가 전략물자. 과학자인 김종연으로서는 감히 상상도 하지 못할 물건이었다.

이번 도난 사건으로 인해 경찰이 아닌 국정원에서 조사관이 나올 것이다.

만약 자신들의 관리 소홀로 드러난다면 연구소장인 자신도 그 책임에서 벗어날 수가 없었다.

"젠장!"

김종연은 자신도 모르게 쌍욕이 절로 나왔다.

그동안 연구소장으로 직원들에게 고상한 모습을 보이기 위해 잊고 있었는데, 이번 일로 그동안 감춰 오던 모습이 살짝 튀어나왔다.

그나마 다행이라면 앞에 있는 경비실장이 너무도 당황해

방금 전 김종연 소장이 한 소리를 귀담아 듣지 못했다는 것이다.

아무튼 김종연은 경비실장을 앞세우고 현장으로 가 보았다.

이곳 일신 중공업 연구소는 신형 전차개발을 위해 만들어진 곳이다 보니 부지가 무척이나 넓었다.

전차를 개발하면서 각종 시험을 해야 하는 관계로 넓은 부지를 조성했기에 물품 창고도 여러 동이 있었다.

A동 입구에선 김종연은 1—3이란 표시가 된 창고 입구에 섰다.

전차패드가 출입구 손잡이에 부착되어 있었다.

창고는 보안을 위해 지정된 패스워드와 지문 인식 두 가지 방식으로 작동을 하도록 특별 제작된 문이었다.

패스워드를 알고 있다고 해도 인가된 지문의 주인이 아니면 문은 열리지 않고 바로 경비실에 신호가 가게 되어 있었다.

하지만 어젯밤 도난 사건이 벌어졌지만 보안장치는 작동하지 않았다.

이는 어젯밤 이곳에 침입한 침입자는 이중 보안장치를 해제하고 들어가 물건을 훔쳐 간 것이다.

그렇지만 이는 절대로 불가능한 일이었다.

경비들도 밤에는 창고 안으로 들어갈 수가 없었다.

그리고 연구소 직원이라고 해도 정해진 시간이 지난 후에는 소장으로부터 허가를 받아야만 출입이 가능한데, 자신은 절대 어젯밤 누군가에게 허가를 해 준 기억이 없었다.

"음……."

1—3구역에 도착한 김종연은 절로 신음성을 흘렸다.

범인이 누군지는 모르지만 대담하게 1—3구역 입구에 자신이 다녀갔다는 사인을 남겼던 것이다.

마치 까마귀를 캐리커처 한 듯한 형상의 그림이 입구에 떡하니 그려져 있었다.

김종연은 그 까마귀 그림을 잠시 보다 창고 안으로 들어갔다.

우선 지금 그 그림이 무엇인가가 중요한 것보다 안에 있는 물건의 파악이 중요했다.

"이렇습니다."

김종연 소장은 아침에 있었던 일을 그대로 신원민에게

보고를 하였다.

모든 이야기를 듣고 난 신원민의 얼굴은 너무도 창백한 것이 마치 시체의 그것과도 같았다.

'누가?'

지금 신원민의 머릿속은 무척이나 복잡했다.

가뜩이나 그룹 내에서 자신의 입지가 불안정한 상태에서 겨우 수습을 하고 있었는데, 이런 도난 사건까지 발생을 하였으니 아무리 이번 일을 마무리 짓는다 해도 자신의 입지는 예전과는 다르게 흘러갈 것이 분명했다.

'혹시?'

신원민은 문득 이상한 생각이 들었다.

무엇 때문인지는 모르지만 이번 일이 자신의 이복동생인 신영민과 연관이 있을 것만 같은 예감이 들었다.

며칠 전에 잠깐 이것에 대하여 언급을 했던 것이 기억이 났다.

애물단지인 플라즈마 실드 발생장치를 미쓰비 그룹에 넘기고 돈을 받자는 이야기였다.

다만 전략물자로 묶인 물품을 빼돌렸다가 들켰을 때 뒷 감당을 할 자신이 없었기에 포기를 했다.

이미 실험을 통해 천하 컨소시엄에서 이 물건을 자신들

에게 판매할 때 안전장치를 철저히 했다는 것을 깨달았다.

만약 그렇지 않았다면 신영민이 이야기를 꺼내기 전에 자신이 먼저 천문학적인 자산 손실을 만회하기 위해 그것을 외부로 팔아 버렸을 것이다.

사실 팔려고만 한다면 플라즈마 실드 발생장치는 엄청난 이윤을 가져다주었을 것이 분명했기 때문이다.

그런 것도 모르고 당시 신영민은 자신의 제안을 받아들이지 않는 자신과 아버지에게 불만을 표시하기도 했었다.

갑자기 신원민은 누군가에게 전화를 걸었다.

"최 실장님? 접니다, 신원민. 혹시 요즘 영민이가 뭘 하고 있는지 알고 있는 것이 있습니까?"

신원민이 전화를 건 상대는 그룹 감사실의 최지원 실장이었다.

직급이야 겨우 감사실 실장이지만 그 권한은 그룹 사장단과 별반 다르지 않은 아버지의 최 측근이었다.

더욱이 감사실 실장이란 직책 때문에 계열사 사장들이라고 그를 함부로 대할 수도 없었다.

주머니 털어 먼지 하나 나지 않는 사람이 없다고, 특히 높은 직급에 있는 자들일수록 어디 구린 구석 하나 이상은 가지고 있었다.

아무튼 하는 일이 하는 일이다 보니 그는 뭔가 신영민이 요즘 하고 있는 일을 알고 있을 것만 같았다.

◈　　　◈　　　◈

신원민은 일단 피해를 최소화하기 위해 일단 신고를 해야만 했다.

일은 이미 벌어진 상태이고 범인이 누구인지 모르는 상태에서 사건을 숨긴다고 해결될 일이 아닌 것이다.

사건을 해결하기 위해선 은폐해야 할 일이 있고, 또 사건을 공개해야 할 일도 있는 거다.

이번 도난 사건 같은 경우 섣부르게 은폐를 하다가는 큰일을 당할 수도 있었다.

그러니 은폐하기보단 자신의 실수를 받아들이고 피해를 최소한으로 줄여야만 했다.

일단 경찰에 사건을 신고하고 다음으로 그룹 회장인 자신의 아버지에게 연락을 하였다.

원칙대로라면 우선 경찰에 신고를 하기 전 먼저 그룹 회장인 아버지에게 연락을 하는 것이 맞았다.

하지만 신원민은 이번 일은 자신의 아버지라도 감당할

수 없는 일이라 판단하고 모든 일은 자신의 선에서 차단을 하기로 하였다.

그래야 후계자 자리에서 밀려나더라도 한 가닥 줄을 남길 수 있기 때문이다.

신고를 하자 금방 경찰이 출동을 하였다.

일신그룹 계열사의 연구소에서 도난 사건이 발생했다는 신고를 하였으니 여느 사건처럼 늦장 출동을 했다가 어떤 치도곤을 받을지 모를 일이기에 바로 출동을 한 것이다.

그리고 경찰이 출동을 하고 한나절이 지나 검은 양복을 입은 사람들이 일신 중공업 연구소에 나타났다.

차 위에 공무수행이라 표지만 있고 소속이 나타나 있지 않은 그런 차량이었지만, 그들이 정부기관에서 나왔다는 것을 금방 알 수 있을 정도로 장난이 아니었다.

한편 그들이 온 것을 모르는 신원민은 연구소 한편에 마련된 자신의 집무실에서 쉬고 있었다.

연구소에 그의 집무실이 있는 이유는 이전 컨소시엄이 형성되었을 때 신원민도 이곳 연구소에 자주 들려 전차의 개발 과정을 지켜보았기 때문이다.

때로는 서울로 퇴근을 하지 않고 이곳 파주에서 머물러 업무를 보기도 했기에 그의 집무실이 있는 것이다.

김종연 소장의 연락을 받고 정신없이 오느라 그때는 몰랐는데, 시간이 흐르자 멈췄던 숙취가 올라왔기에 이곳 집무실에서 휴식을 취하고 있었다.

그런데 쉬고 있던 그의 집무실에 일단의 사람들이 들어섰다.

"실례합니다."

검은 양복의 사내들은 노크도 없이 문을 열고 들어서며 그렇게 말을 하였다.

"안 됩니다."

신원민의 비서와 연구소 직원들이 말려 보지만, 무엇 때문인지 말로만 '안 된다' 할 뿐 적극적으로 저지는 하지 않았다.

그럴 수밖에 없는 것이 그들의 왼쪽 가슴에는 이들의 신분을 나타내는 패찰을 착용하고 있었기 때문이다.

사진과 함께 큰 글씨로 NIS, 즉, 국가정보원이라는 표시가 선명하게 써져 있었기 때문이다.

작은 소란과 문이 열리는 소리에 눈을 뜬 신원민은 자신의 집무실로 들어서는 사람들을 보았다.

"어떻게 오셨습니까?"

막 잠에서 깬 때문인지 집무실로 들어서는 사람들의 가

슴에 착용한 명찰을 보지 못했다.

그런 신원민을 향해 가장 선두로 들어선 남자가 가슴에 있던 명찰을 떼 신원민의 앞으로 내밀고 말하였다.

"국정원에서 나왔습니다."

'아!'

국정원에서 나왔다는 말에 신원민은 잠이 확 달아난 얼굴로 자신의 집무실로 들어서는 사람들의 면면을 살폈다.

'올 것이 왔다. 정신 차리자!'

신원민은 정신을 차리기 위해 잠시 양해를 구했다.

"제가 어제 잠을 잘 자지 못해서 그런데, 잠시 씻고 오겠습니다."

양해를 구한 신원민은 집무실 한쪽에 마련된 간이 세면장에 들어가 세면을 하였다.

업무 편의를 위해 상무 이상 이사들의 방에는 이렇게 세면장이나 휴식을 위한 휴게실이 마련되어 있었다.

지금 신원민은 국정원 직원 앞에서 실수를 했다가는 천길 낭떠러지로 떨어질 수 있다는 생각에 찬물로 세면을 한 것이다.

세면을 하고 나온 신원민은 거듭 사과를 하고 국정원에서 나온 조사관에게 사건에 대하여 자세히 설명을 하였다.

그리고 사건 현장까지 직접 안내를 하며 자신들의 보안 상태에 대해서도 설명하였다.

절대로 자신들이 부주의해 발생한 사건이 아니라 범인이 너무도 뛰어나다는 것을 부각시켰다.

그래야 나중에 책임을 지더라도 피해가 적을 것이기 때문이다.

한편 국정원에서 나온 요원들은 신원민의 설명을 들으면서 사건 현장을 살펴보기 시작하였다.

현장까지 가는 길목에 있는 CCTV의 위치나 주변 경비 초소의 위치 등도 살폈다.

이는 범인이 이곳까지 들어온 침투 경로를 파악하기 위한 행동들이었다.

미야모토 류스케는 급하게 차를 몰았다.

언제나 느긋하게 여유를 가지며 냉철하게 일을 처리하던 그의 평소 성격을 봐서는 이렇게 급하게 차를 몰 이유가 없었다.

아니, 미쓰비 그룹 사 남이며 미쓰비 그룹의 주력 기업인 중공업의 이사 직책을 가지고 있는 그는 평소에도 운전기사를 대동하고 다녔다.

직접 운전하기보단 운전기사가 운전하는 차에서 업무를 본다든가, 아니면 명상을 하였다.

그런데 평소와 다르게 운전기사도 대동하지 않고 직전 차를 운전해 어딘가 급히 달려가고 있었다.

그가 이렇게 혼자 차를 몰고 가는 이유는 다름 아니라 일신 제약의 신영민에게서 연락이 왔기 때문이다.

극비에 속하는 그것을 입수했다는 연락이 오자마자 바로 약속 장소를 잡고 그곳으로 혼자 가는 것이다.

비밀이란 알고 있는 입이 적을수록 비밀이 오래간다는 것은 진리이다.

그러니 운전기사도 대동하지 않고 혼자 움직이는 것이다.

그렇다고 자신의 안전에 대하여 신경을 쓰지 않은 것은 아니다.

어려서부터 고무도(古武道)를 수련한 것뿐 아니라, 현대 특수부대들이 필수로 수련한다는 주짓수와 이스라엘 특수부대인 모사드의 크라브마가 또한 익혔다.

이렇게 각종 무술은 물론이고 한국에서는 소지가 불법인

권총까지 소지하고 있었기에 류스케는 혼자 움직일 생각을 한 것이다.

한참 차를 몰아 김포의 무인 모텔에 도착한 류스케는 망설이지 않고 예약된 호실로 올라갔다.

무인 시스템이라 사람을 만날 이유도 없어 불륜 커플들이 자주 찾는 곳이지만 은밀한 거래를 위해선 안성맞춤이었다.

웅! 띵!

엘리베이터가 자신이 원하는 층에 도착했다는 신호를 하자 류스케는 엘리베이터를 내려 약속 장소로 들어갔다.

딸깍! 쿵!

문을 열고 방 안으로 들어가 문을 닫았다.

혹시나 모를 일을 대비해 잠금장치까지 하고 안으로 들어와 방 안을 살펴보았다.

모텔의 구조는 무척이나 단순하였다.

입구에 화장실이 있고, 방과 화장실을 나눈 벽은 커다란 유리벽이 있어 만약 샤워를 한다면 방 안에서 화장실 안을 환하게 지켜볼 수 있었다.

그런 방의 모습은 별반 일본의 모텔과 다를 바는 없었지만, 평소 이런 곳을 이용할 일이 없는 류스케에게는 자못 흥미가 돋는 구조였다.

'흥미롭군!'

잠시 화장실을 쳐다보다 지나친 류스케가 방 안으로 들어가는 작은 방이 나왔다.

침대가 보이고 침대 옆에 작은 테이블과 의자 두 개가 보였는데, 의자에는 이미 주인이 자리하고 있었다.

"미야모토 상 어서 오십시오."

의자에 앉아 있던 사람 중 한 명이 그를 보며 인사를 하였다.

"물건은?"

인사를 하는 신영민을 보며 류스케는 인사도 받지 않고 바로 본론으로 들어갔다.

그런 류스케의 모습에 신영민은 미소를 잃지 않으며 테이블 위에 올려 둔 검은 가방에 손을 짚었다.

그 가방은 몇 시간 전 김상문이 파주 연구소 근처 모텔에서 누군가에게 넘겨받은 바로 그 가방이었다.

천하 컨소시엄에서 개발한 대한민국의 신형 전차의 방어

시스템인 플라즈마 실드 발생장치가 들어 있는 가방이었다.

"물건은 확실한 것인가?"

류스케의 질문에 신영민은 대답 대신 확실하다는 표현으로 고개를 살짝 끄덕이고는 자신의 용건을 말하였다.

"돈은?"

신영민의 말이 떨어지기 무섭게 류스케는 자신의 양복상의 안주머니에서 스마트 폰을 꺼냈다.

"계좌!"

스마트 폰을 조작하던 류스케는 간단하게 돈을 받을 계좌를 물었다.

보통 이런 은밀한 거래에 추적이 불가능하게 현금을 사용하는 것이 맞았지만 이번에는 달랐다.

이번 거래를 현금으로 했다가는 사람이 들고 나를 만한 무게가 아니기 때문이다.

그래서 이용하려는 것은 바로 해외 조세피난처에 마련된 비밀계좌였다.

정부의 추적도 받지 않는 그런 조세피난처의 비밀계좌는 거래 금액이 너무도 커 직접 운반할 수 없는 거래에 자주 이용되었다.

신영민은 류스케의 질문에 바로 케이먼 군도에 있는 페

이퍼 컴퍼니의 계좌를 불러 주었다.

"시티은행 ZZAEQ21HKYUO9."

알파벳과 숫자가 조합된 13자리의 계좌번호를 말하자 류스케는 바로 신영민이 불러 준 계좌에 약속된 금액을 이체하였다.

이번 거래 금액은 미화 3천만 달러였다.

플라즈마 실드 발생장치 한 대의 가격이 한화 50억 원이란 것을 감안하면 그리 큰 금액도 아니었다.

류스케가 신영민에게 요구한 플라즈마 실드 발생장치의 숫자는 세 개였다.

원래는 총 다섯 개를 요구하였지만 신영민이 숫자를 세 개로 줄인 것이다.

보안이 철저해 그 이상 빼 오기 힘들다는 이유에서였다.

하지만 이는 신영민이 처음 자신의 생각보다 플라즈마 실드 발생장치의 가치가 엄청나다는 것을 깨닫고 꾸민 거짓이었다.

신영민은 처음부터 다섯 대의 플라즈마 실드 발생장치를 빼돌리려 하였다.

그렇지만 순순히 류스케가 요구하는 다섯 대 전부를 넘기기에는 아깝다는 생각이 들었다.

그래서 남은 두 대를 중국이나 미국에 팔아넘길 생각을 하였다.

아무튼 신영민은 플라즈마 실드 발생장치를 대당 천만 달러, 한화 100억에 팔아넘긴 것이다.

시간만 주어졌더라면 더 비싼 가격에 넘길 수 있었겠지만 현재 그룹 회장이 되기 위해선 주식을 더욱 많이 확보를 해야만 했다.

그렇기 위해선 하루라도 빨리 자금을 마련해 주식을 모집해야만 했다.

그래서 3천만 달러에 플라즈마 실드 발생장치를 류스케에게 넘기기로 한 것이다.

류스케가 계좌이체를 하는 동안 김상문도 테이블에 노트북을 펴고 넘겨받을 계좌를 확인하고 있었다.

"이제 물건을 넘기지?"

류스케는 계좌이체를 하고 신영민을 보며 물건을 넘기라는 말을 하였다.

신영민의 류스케의 말을 듣고 고개를 비서인 김상문에게 돌렸다.

그런 신영민의 시선에 김상문은 고개를 끄덕였다.

계좌에 돈이 들어왔다는 표시를 한 것이다.

물론 아직 계좌 이체가 완벽하게 끝난 것은 아니다.

아직 가상으로만 금액이 들어온 것이라 류스케가 결재를 승인해야만 완벽하게 돈이 들어오는 것이다.

만약 류스케가 지금이라도 거래 취소 버튼에 커서를 움직이고 엔터를 치면 거래를 중지된다.

"확실하군! 여기!"

플라즈마 실드 발생장치 세 대가 들어 있는 가방을 류스케 앞으로 밀었다.

물론 자신과 류스케와의 거리 딱 중간 지검까지만 밀어 놓았다.

신영민은 자신이 류스케를 속이지 않았다는 것을 알리기 위해 가방을 반쯤 열어 류스케가 가방을 볼 수 있게 하면서 밀었다. 류스케는 가방 안에 자신이 원하는 물건이 들어 있는 것을 확인하였다.

원하는 물건이 눈앞에 보이자 무표정하던 류스케의 얼굴에 작은 표정이 보이다 사라졌다.

"좋아!"

류스케는 송금을 마치고 바로 앞에 있는 가방을 손에 들었다.

자신의 신분을 잘 알고 있는 신영민이 설마 자신에게 장난을 치지는 않았을 것이라 생각을 하면서도 속으로는 그만한 대가를 치르게 하면 된다란 생각이 들었기에 바로 자리에서 일어났다.

"왜? 바로 가시게? 거래도 끝마쳤는데, 어디 가서 한잔하고 가지 않겠어?"

미국 대학 동문인 류스케이기에 신영민은 그렇게 말을 걸었다.

하지만 류스케는 그렇고 싶은 마음이 전혀 없었다.

한국에서 전략물자로 묶인 물건이다. 그런 물건을 몰래 빼내는 일인데, 거래가 끝났으면 빨리 자리를 뜨는 것이 유리하다.

"술은 다음에 하지! 난 바로 귀국해야 해서 말이야!"

며칠 전까지만 해도 신영민을 마치 하인처럼 대하던 류스케였지만 지금 기분이 무척이나 좋아서 그런지 지금은 신영민을 거래자로 대우를 해 주고 있었다.

"그렇다면 어쩔 수 없지. 다음에 한국에 들어오게 되면 내가 좋은 곳에서 대접을 하지."

"좋아! 그때 얼마나 좋은 곳인지 기대를 하지. 한국 기생집이 무척 좋다고 하던데……."

류스케는 신영민이 좋은 곳에서 대접을 해 주겠다는 말

을 하자 예전 자신의 할아버지에게 들었던 이야기가 생각이 났다.

여자는 일본여자가 최고라고 하면서도 조선기생에 대해선 두말하지 않고 엄지손가락을 내밀던 할아버지의 모습이 류스케의 머릿속에 떠올랐다.

그랬기에 신영민의 제안이 은근 기대가 되기도 했다.

할아버지 말이 아니더라도 그룹의 이사들 중 한국에 다녀온 이들은 하나 같이 한국 기생에 대하여 칭찬이 자자했다.

일본에도 한국인 기생이 있기는 하지만 류스케는 그런 한국인 접대를 별로 좋아하지 않았다.

돈을 벌기 위해 몸을 함부로 굴린다고 생각하는 천하디천한 하류인생이라 생각했었는데, 신영민의 이야기를 들으니 또 다르게 느껴지기도 했다.

아무튼 오늘은 날이 아니란 생각에 바로 자리를 박차고 일어났다.

괜히 이곳에서 신영민과 이야기를 섞다 보면 본분을 잊을 것만 같은 생각이 들기 때문이다.

한편 신영민은 어떻게든 미쓰비 그룹 사 남인 류스케와 확실한 연을 맺기 위해 노력을 해 보지만 몸을 빼는 류스케를 더 이상 어쩔 수가 없었다.

"정말 아쉽습니다. 다음에 확실히 대접을 하겠습니다. 그러니 앞으로도 좋은 거래가 있으면……."

"알겠습니다. 그럼 다음에 뵙겠습니다."

류스케는 신영민을 향해 인사를 하고 바로 방을 빠져나 갔다.

류스케가 방을 나가고 방에 남은 신영민과 김상문은 안 도의 한숨을 쉬었다.

"휴!"

"이 정도면 충분하겠지?"

3천만 달러는 결코 적은 금액이 아니다. 하지만 김상문 이 부족하다고 말을 한다면 아직 남은 두 대의 플라즈마 실 드 발생장치를 팔아 자금을 마련하면 되는 일이었다.

비록 류스케에게 넘기 세 대보다는 부족한 두 대뿐이지 만 가치는 그래서 더 올라가는 것이다.

두 대뿐이지만 이것 또한 류스케에게 판 것 못지않은 금 액을 받을 수 있다는 자신감이 신영민에게는 있었다.

사실 류스케와의 거래에서는 주도권을 자신이 잡고 있는 것이 아니라 류스케에게 있었기에 플라즈마 실드 발생장치 의 가격을 그 정도뿐이 받을 수 없었다.

하지만 중국이나 미국, 그도 아니면 러시아나 영국 등, 팔 곳은 많았다.

그들을 경쟁시킨다면 3천만 달러가 아니라 그 이상도 받을 수 있다고 자신하고 있었다.

"예, 충분하다고는 할 수 없지만 부족하지는 않을 것입니다."

김상문의 대답을 들은 신영민은 입가에 절로 미소가 어렸다.

사실 일신그룹의 주식 가치라면 3천만 달러가 아니라 그 배가 있어도 쉽지 않은 일이었다.

그렇지만 현재 일신그룹의 주식가치가 평소와 다르게 엄청 다운되어 있다 보니 가능한 것이다.

"김상문 실장! 오늘 수고 많았습니다. 그리고 이것······."

신영민은 양복 안주머니에서 봉투를 하나 꺼냈다.

"감사합니다."

김상문은 신영민이 주는 봉투를 거절하지 않고 바로 받았다.

너무도 당연하다는 듯 받았는데, 그도 그럴 것이 이번 거래로 신영민이 받아 든 금액을 자신이 직접 확인하지 않았는가.

무려 미화 3천만 달러가 비밀계좌로 들어오는 것을 보았는데, 아무런 일 없었다는 듯 입을 씻는다면 함께 일을 하지 못한다.

오늘 일만 해도 그렇다. 물건을 은밀하게 받아 이곳까지 옮긴 사람이 자신이었다.

아니, 전문가를 섭외한 것도 자신이었다.

그러니 지금 받는 금일봉은 받을 자격이 있다고 김상문은 생각했다.

"이건 그냥 김 실장님이 수고한 것에 대한 보상이 아니라 보상은 내 이번 일 성공하면 약속한 것 이상으로 해 줄 테니 그냥 받아 두십시오."

김상문이 자신과 이제는 공생하는 사람이라 생각했는지 이전과 다르게 신영민은 김상문을 함부로 대하지 않았다.

자신은 일신그룹의 총수가 되기 위해 이미 칼을 빼 들었다.

이런 상태에서 만약 김상문이 마음을 돌려 자신의 아버지나 형에게 밀고를 하면 이젠 생명이 위험할 수도 있었기에 김상문을 단단히 붙들기 위해 이렇게 뇌물 아닌 뇌물을 주는 것이기도 했다.

"우리도 이만 자리를 나가기로 하지요."

"예, 어디 가서 축배를 들어야 하지 않겠습니까?"

"하하, 맞아! 큰 거래를 성공했으니 어디 가서 우리끼리라도 축배를 들죠."

"제가 모시겠습니다, 사장님!"

신영민과 김상문은 류스케와의 거래가 무사히 끝난 것에 고무되어 기쁨을 감출 수가 없었다.

그래서 류스케는 갔지만 자신들끼리 자축하기로 하였다.

30대 중후반의 남자 두 명이 호텔을 나서는 모습이 자못 변태 같이 보일 수도 있는 일이었지만 신영민이 이곳 모텔을 거래 장소로 채택한 이유는 사람들의 시선을 의식하지 않아도 된다는 것 때문이다.

더욱이 모텔은 손님들끼리도 최대한 마주하는 것을 적게 들어가는 입구와 나가는 출구를 따로 분리를 했다.

그래서 나가는 손님과 들어오는 손님이 마주할 일이 없었다.

두 사람은 뭐가 그리 좋은지 작은 소리로 소곤거리며 주차장으로 향했다.

그런데 두 사람은 자신들을 주시하는 시선이 있음을 아직까지 알지 못했다.

그저 자신들의 은밀한 거래가 아무런 이상 없이 성공적
으로 끝난 것에 고무되어 흥분해 주변에 풀벌레 소리도 들
리지 않는 것을 생각하지 못했다.

3.
쟁탈전

김포공항 라운지.

미야모토 류스케는 공항 라운지에서 자신이 타고 갈 비행기를 기다리고 있었다.

신영민과 거래를 한 모텔을 나오자마자 그는 김포공항으로 달렸다.

괜히 시간을 미적거리다 한국의 수사당국에 걸리면 쉽게 빠져나오지 못함을 잘 알기에 한시라도 한국을 빠르게 벗어나기 위해 그런 선택을 한 것이다.

그런데 한국을 빨리 떠나고 싶은 류스케의 생각과 다르게 시간은 너무도 더디게 흐르고 있었다.

아니, 마음이 급한 그만이 시간이 더디게 흐르는 것인지도 몰랐다.

'음, 왜 이렇게 불안하지?'

자신이 타고 갈 비행기를 기다리며 류스케는 알 수 없는 불안감에 진저리를 쳤다.

호신술을 배울 때 실전처럼 배워야 한다는 아버지의 명령에 뼈도 부러져 보고 또 칼 한 자루만 가지고 정글 속을 돌아다닌 적도 있었다.

그런데 도심 속, 아니, 공항 안에 있으면서 그때 정글을 홀로 생존할 때 보다 더 떨렸다.

그런 두려움을 떨치기 위해서인지 류스케는 자신의 앞에 놓인 검은색 서류가방을 강하게 쥐었다.

이것만 무사히 일본으로 가져가기만 하면 자신의 미래는 탄탄대로의 잘 포장된 고속도로가 펼쳐지는 것이다.

두려움을 떨치기 위해 한 행동이지만 잠시 자신의 장밋빛 미래를 생각하니 조금 전 들었던 두려움이 사라져 가는 것을 느꼈다.

"이것만 있으면 된다. 할 수 있다."

류스케가 그렇게 신영민에게서 3천만 달러를 지불하고 어렵게 구한 플라즈마 실드 발생장치가 들어 있는 가방을 쥐며 미소를 짓고 있을 때 그런 류스케를 행해 다가오는 그림자가 있었다.

"저기 있군!"

치직!

"목표가 공항 2층 엔젤스 커피전문점 테이블에 앉아 있다."

치직!

―여기는 에이 원 확인했다.

치직!

―에이 쓰리 확인했다. 접근한다.

국정원 5국 국장대우 김석원 차장의 명령을 받고 함정을 파고 기다리던 장민석 과장은 요원들이 타깃을 확인했다는 무전을 하자 그 역시 조심스럽게 카페에 앉아 있는 류스케에게 접근을 하였다.

물론 장민석이나 다른 국정원 요원들은 류스케가 눈치채지 못하게 자연스럽게 류스케가 있는 카페로 다가갔다.

괜히 공공장소인 공항에서 다른 사람들의 시선을 끌어서

좋을 것은 없었다.

이곳 김포공항이 국제공항의 지위를 인천 영동도에 있는 인천공항에 그 지위를 넘겨줘 외국인의 방문이 많지 않았지만, 그래도 일부 노선이 남아 있어 일본에서 들어오는 외국인들이 간혹 보였다.

그런데 일본인인 류스케를 체포하는 과정에서 소란이 일어나게 된다면 상황이 어떻게 바뀔지 모르기에 최대한 류스케가 자신들이 접근하는 것을 눈치채지 못하게 해야만 했다.

그래야 변수를 줄일 수 있기 때문이다.

마치 자신도 커피를 마시기 위해 온 손님처럼 커피숍으로 들어선 장민석은 커피를 주문하고 류스케가 앉은 자리 뒤에 앉았다.

장민석 과장이 그렇게 자리하자 뒤 이어 짝을 이룬 다른 요원들이 조금 떨어진 테이블에 포진을 하였다.

이렇게 류스케를 중심으로 좌우 양옆과 배후를 선점한 국정원 요원들, 마무리는 또 다른 요원이었다.

또 다른 국정원 요원 두 명이 커피를 마시며 초조하게 비행기 시간을 기다리고 있던 류스케에게 접근을 하였다.

"실례합니다. 미야모토 류스케 씨지요?"

"그런데요?"

류스케는 일면식도 없는 사람이 접근을 하여 자신의 이름을 부르자 깜짝 놀랐다.

"누구시죠?"

놀란 류스케는 자신의 이름을 알고 있는 남자의 정체를 물었다.

"경찰입니다. 잠시 조사를 할 것이 있어서 그러니 저희와 동행을 하시지요."

국정원 요원은 위장 신분증을 꺼내 경찰이라고 알리며 동행을 요구하였다.

이때 카페에 있던 손님들의 시선이 이곳으로 몰리기는 하였지만 별다른 소란은 일어나지 않았다.

그저 저 일본인이 뭔가 잘못을 했기에 경찰이 출동을 했다고만 생각을 할 뿐이다.

그렇지만 현재 한국 정부가 금지 품목으로 지정한 물품을 불법적인 방법으로 소지하고 있는 류스케로서는 어떤 일이 있더라도 경찰과 연루되기 싫었다.

"한국 경찰이 일본인인 저에게 무슨 일이시죠?"

자신이 외국인이란 것을 알리며 경찰이 자신을 찾는 정확한 이유를 알려고 하였다.

웬만한 한국 경찰은 외국인들을 꺼려한다는 것을 알고 있는지라 류스케는 혹시나 싶은 생각에 외국인이란 사실을 강조하였다.

그렇지만 이미 타깃을 정하고 붙잡기 위해 함정을 파고 있던 이들이다.

"잘 알고 있습니다. 미야모토 류스케 씨는 현재 산업스파이 혐의로 구속영장이 꾸며져 있습니다. 그러니 저희와 함께 가 주셔야겠습니다."

국정원 요원은 류스케에게 이유를 말해 주었다.

비록 경찰이란 신분은 거짓이지만 현재 류스케가 받고 있는 산업스파이 혐의는 진실이었다.

이미 사전에 미쓰비 중공업에서 일신 중공업과 결성한 컨소시엄에서 공동으로 개발한 자료들을 일본으로 빼돌리고 있다는 정보를 취득하고 조사를 하고 있었다.

그런데 조사 과정에서 개발 자료만 빼돌리고 있는 것이 아니라 한국의 국방과학 기술을 상당량 빼돌렸고, 또 전략 기술로 채택이 된 플라즈마 실드 발생장치에 관해서도 빼돌리려고 한다는 정보를 입수하게 되었다.

모든 정황을 가지고 예의주시하고 있었는데, 역시나 감시망에 걸리는 이들이 있었다.

일신 제약의 사장 신영민이 자신의 비서와 모의해 일신 중공업 파주 연구소에 보관되어 있는 플라즈마 실드 발생 장치 일부를 빼돌려 모텔에서 미쓰비 중공업의 미야모토 류스케와 거래하는 것까지 모두 녹음을 하였다.

굳이 모텔 안에 녹음장치를 설치하지 않더라도 현대 과학기술이라면 원거리에서도 이들의 대화를 녹음할 수 있었기에 증거는 이미 충분하다 못해 남아돌 정도로 획득하였다.

"그게 무슨 소립니까? 스파이라니? 지금 날 모독하는 겁니까? 대 미쓰비 그룹의 사 남인 내가 무엇이 아쉬워 스파이 짓을 한다는 말입니까?"

류스케는 눈앞에 있는 경찰이라는 남자의 말에 깜짝 놀랐다.

하지만 놀라고만 있을 수 없어 위기를 모면하기 위해 자신의 가문에 대하여 큰소리를 쳤다.

이미 주변에 있던 사람들은 류스케와 국정원 요원 간의 대화를 들을 수 있었기에 뭔가 큰일이 벌어지고 있다는 생각에 자리를 뜨기 시작했다.

현재 카페 안에는 류스케를 중심으로 앞에는 경찰이라고 밝힌 요원이 있고 또 좌와 우측에는 손님으로 위장한 국정원 요원 네 명이 자리하고 있었다.

또 류스케가 볼 수는 없었지만 장민석 과장도 또 다른 요원과 함께 류스케의 뒤에 위치해 있었다.

전후좌우을 모두 포위하고 있었기에 류스케는 절대로 이 자리를 빠져나갈 수는 없었다.

류스케가 잠시 눈치를 보고 있을 때 그의 좌우에 위치하고 있던 요원 두 명이 다가와 한 쪽씩 팔을 끼었다.

"뭐, 뭐야!"

자신의 두 팔이 누군가에게 붙들리자 깜짝 놀라 소리를 질렀다.

그렇지만 어느 누구도 이런 상황에서 그를 도와주지 않았다.

양쪽에서 요원들이 류스케를 포박하자 먼저 다가왔던 경찰로 위장한 요원은 류스케가 붙들고 있던 가방을 빼 들었다.

딸깍!

요원은 류스케가 가지고 있던 가방을 열어 내용물을 확인하였다.

"음."

내용물을 확인한 요원은 고개를 돌려 류스케의 뒤에 아

직도 자리하고 있는 장민석을 보며 말하였다.

"과장님, 물건 확보했습니다."

"그래?"

그때까지 뒤에 조용히 있던 장민석이 자리에서 일어나 요원에게 걸어갔다.

막 자신을 붙잡은 요원 둘을 뿌리치기 위해 기회를 보던 류스케는 자신의 뒤쪽에서 소리가 들리자 결국 포기하고 말았다.

'아차! 내가 함정에 빠졌구나!'

류스케는 그때서야 자신이 이들의 함정에 빠졌다는 것을 깨닫게 되었다.

장민석이 가방에 든 플라즈마 실드 발생장치를 확인하고 있을 때 가방을 먼저 확인했던 요원은 미란다 원칙을 말 하고 있었다.

지금 류스케를 잡는 것이 경찰이 정당하게 공권력을 행사하는 것처럼 보여야 나중에 문제가 발생하지 않기 때문이다.

범인이기는 하지만 류스케의 배경이 결코 평범하지 않기 때문에 이렇게 현행범인데도 조심을 하는 중이다.

공항에서 출국 직전 붙잡힌 류스케는 정말이지 너무도

억울했다.

고작 몇 십분만 늦었더라도 자신은 한국을 떠나는 비행기 안이었을 터인데. 그러면 자신은 비록 사 남이긴 하지만 대 미쓰비 그룹의 총수가 될 수도 있었다.

하지만 인생은 만약이란 것이 없다. 그렇지만 정말로 만약 시간이 조금만 더 있었더라면, 상황은 바뀌어 있었을 것이란 생각에 류스케는 정신이 혼미해졌다.

처량하게 요원들에 의해 붙잡혀 공항 밖에 대기하고 있는 차량으로 끌려가는 류스케의 모습을 본 장민석 과장은 자신의 상관인 김석원 차장에게 보고를 하였다.

"상황 종료되었습니다. 원으로 들어가겠습니다."

보고를 마친 장민석 과장은 운전석에 앉은 요원에게 지시를 내렸다.

"출발해!"

"알겠습니다."

이들이 탄 차량이 출발하고 장민석은 고개를 돌려 류스케를 보며 한마디 하였다.

"본 원으로 가면 할 말이 참 많을 거야!"

"그 그게 무슨 소리지? 본 원이라니! 경찰서로 가는 것이 아닌가?"

자신을 향해 물어 오는 류스케를 보며 장민석이 차가운 미소를 지으며 대답을 하였다.

"후후, 설마 우리가 정말로 경찰이라고 생각했나? 뭐 대한민국 경찰의 수사 능력이 우수하기는 하지만, 설마 오늘 새벽에 일어난 사건을 벌써 수사가 마무리 될 정도로 끝낼 수 있을 정도는 아니야!"

장민석의 놀리는 듯한 말에 류스케는 더욱 머릿속이 혼란스러워졌다.

한국 경찰이 아니라면 이들은 누구란 말인가? 자신을 붙잡은 이들의 정체가 너무도 궁금해졌다.

"들어는 봤을 거야! 대한민국 국가정보원이라고."

장민석은 자신들의 정체를 류스케에게 알려 주는 이유는 그가 국가 전략물자에 대한 스파이 행위를 하였기에 아마 평생 특수감옥에서 썩어야 할 것이기 때문이었다.

그의 배경이 아무리 대단하다고 해도 이건 바뀌지 않을 일이었다.

'설마! 내가 이런 실수를 하다니……'

류스케는 아까 공항에서 붙잡혔을 때에 이어 두 번째로 충격을 먹었다.

너무도 먹음직스러운 먹이에 주의도 하지 않고 달려든

것이 실책이었다.

일본에 있을 때까지만 해도 자신은 이렇지 않았는데, 어디서 무엇이 잘못된 것인지 한국에 들어와서 자신은 평소와 같지 않았다.

후회는 아무리 빨라도 늦다. 류스케는 자신이 한국을 너무도 쉽게 생각했다는 것을 뒤늦게 깨달았다.

부릉! 부릉!

"오라이! 오라이!"

검은색은 탑차가 일신 중공업 파주 연구소 창고에 들어서자 누군가가 유도하는 모습이 보였다.

그런데 무언가 중요한 물건을 이송하기 위한 차량인지 주변에 무척이나 많은 사람들이 배치되어 있으며 그 면면이 무척이나 긴장하고 있음을 알 수 있었다.

그리고 이들 외에도 연구소 입구와 철조망 경계에는 인근 군부대에서 파견을 나온 것인지 군인들이 무장을 하고 주변을 경계하고 있었다.

"서둘러! 최 대리는 출고되는 물건의 수량 파악 똑바로 하고, 이거 잘못되면 단순 시말서로 끝나지 않아! 정신들 차려!"

현장에 지시를 내리고 있는 사람은 무척이나 날이 선 목소리로 소리를 지르고 있었다.

그리고 그 사람 옆에는 또 다른 복장을 하고 있는 사람들 여럿이 보였는데, 한 사람은 상의에 천하 디펜스 엠블럼이 그려져 있는 옷을 입고 있는 것이 천하 디펜스에서 나온 직원 같았다.

그러고 보니 지금 일신 중공업 연구소 창고에 꽁지를 대고 있는 차의 앞과 옆 그리고 뒷문에도 천하 디펜스 엠블럼과 같은 문양이 찍혀 있었다.

다만 같은 문양이지만 그 밑에 써진 로고는 천하 디펜스가 아니라 천하 컨소시엄이라고 적혀 있는 것이 달랐다.

사실 두 엠블럼이 같을 수밖에 없는 것이 천하 컨소시엄이 천하 디펜스의 계열사 개념이기 때문이었다.

천하 디펜스가 국방부가 발주한 신형전차 개발을 위해 테스크 포스 팀을 만들고, 또 필요한 기술을 가진 기업들과 협력을 하여 만든 게 천하 컨소시엄이다.

아무튼 일신 중공업 사장인 신원민과 천하 디펜스 회장인 정명환과의 계약으로 일신 중공업에 판매를 했던 플라

즈마 실드 발생장치의 반환 계약을 채결하였기에 회수를
해야만 했다.

아니, 원래는 일신 중공업에서 모든 수량을 천하 컨소시
엄에 운송해 주기로 계약이 되어 있었다.

그렇지만 물품이 보관되어 있던 일신 중공업 파주 연구
소에서 도난 사건이 발생하면서 반환 기간이 단축이 된 것
은 물론이고, 천하 컨소시엄에서 직접 운송을 하게 되었다.

이 때문에 발생한 손해는 전적으로 일신 중공업의 잘못
이기에 이에 소모되는 비용은 전량 일신 중공업이 책임을
지게 되었다.

물론 일신 중공업으로서는 자신들이 직접 운송을 하겠다
고 나섰지만 그들의 주장은 받아들여지지 않았다.

도난 사건을 수사하던 국정원으로부터 일신 중공업을 믿
을 수 없다는 통보를 해 왔기 때문이다.

이번 플라즈마 실드 발생장치 도난 사건이 일신그룹 내
부자에 의해 발생한 것으로 보인다는 국정원 측의 주장으
로 인해 일신 중공업의 주장 때문이었다.

국정원은 자신들의 말을 증명이라도 하듯 일신그룹 회장
신상욱 회장의 차남이자 일신제약 사장인 신영민과 그의
비서인 김상문을 사건이 있던 날 익일 새벽에 김포에 있는

모텔에서 검거를 했다. 거기다 현장에서 발견된 플라즈마 실드 발생장치 일부를 증거품으로 보여 주었다.

이 때문에 가득이나 인식이 안 좋던 일신그룹에 대한 인식이 더욱 나빠졌다.

그리고 그 여파로 천하 컨소시엄과 재계약을 맺어 플라즈마 실드 발생장치를 반환하기로 하였다는 발표로 회복 기미를 보이던 일신그룹의 주식 가격이 이전과는 비교가 되지 않을 정도로 하한가를 쳤다.

연구소에 도둑이 들어 창고에 있던 물건 몇 개가 도난을 당했다는 뉴스가 나온 지 몇 시간 지나지 않아 발표된 국정원의 발표로 인해 벌어진 일이다.

아무튼 도난 사건에 일신그룹 일가가 연루되어 있는 것뿐만 아니라 주도적으로 행동을 했다는 것이 알려지면서 전국적으로 일신제품 불매 운동이 벌어지기 시작하였다.

그로 인해 주식시장에서 일신그룹의 가치는 하루가 멀다 하고 하한가를 치기 시작하였다.

만약 대한민국이 상한가와 하한가의 폭을 15%, 즉, 상승 15%, 하락 15%로 제한하는 변동 가격 상, 하한가 제도를 채택하지 않았다면 일신그룹의 주식은 오래전 휴지 조각이 되어 있을 것이었다.

아무튼 이렇게 되어서 천하 컨소시엄에서 직접 파주에 있는 일신 중공업 연구소에 보관되어 있는 남은 물량을 회수하기 위해 특수 차량을 파견하였다.

그리고 전례가 있기에 운송 차량을 보호하기 위해 군 병력이 호송을 하기로 하였다.

그 때문에 지금 일신 중공업 연구소 밖은 주변도로의 통제 등으로 인한 군인들의 고함소리와 천하 컨소시엄에서 고용한 경호 인력 그리고 호송 인력을 보호하려는 군인들로 인해 무척이나 혼잡하였다.

"190대 모두 회수하였습니다."

"정확하게 확인했어?"

"예, 헛갈리지 않게 저희가 가지고 있는 시리얼 넘버와 차에 싣는 물건의 넘버를 일대일로 확인했습니다."

천하 컨소시엄에서 나온 직원은 자신의 상급자에게 확실하게 보고를 하였다.

그 또한 오늘 자신들이 수송해야 할 물건의 가치를 너무도 잘 알고 있기 때문이다.

단순히 대당 50억이라는 가격 때문이 아니라 국가에서 통제하는 물건이란 것을 너무도 잘 알기 때문에 아차 하는 순간 인생 나락으로 떨어지는 수가 있었다.

이는 단순하게 실수했다고 무마될 일이 아니다.

자신뿐 아니라 후대까지 남을 그런 일이기에 보다 꼼꼼하게 파악을 하고 보고를 하는 중이다.

더욱이 원래 이건 자신들이 수송할 물건도 아니었다.

일신 중공업에서 직접 자신들에게 넘겨줘야 할 물건이었는데, 도난 사건이 발생하고 또 그 범인으로 일신제약 사장이 연루되었다는 뉴스가 나가고 벌어진 일이다.

지금 대화를 하고 있는 자신들 근처에 국정원에서 나온 요원이 지켜보고 있다는 것도 알고 있다.

자신의 상급자에게 보고를 하던 김윤수는 보고를 하면서도 긴장이 되는지 이마에 식은땀을 흘리고 있었다.

"알았어! 그럼 먼저 가서 대기해!"

"알겠습니다."

박인환 과장은 김윤수 대리의 보고에 차량에 가서 대기를 하라고 지시를 하였다.

자신은 인수를 끝냈다는 확인서에 사인을 해 줘야 하기 때문이다.

확인서에 사인을 한 박인환 과장은 그것을 가지고 일신 중공업 소장과 함께 있는 국정원 직원에게 가져갔다.

원칙대로라면 국정원 요원이 이런 자리에 함께 있을 필

요는 없었지만 때가 때인 만큼 감시를 하기 위해 나와 있었다.

"확인 끝났습니다. 저희는 이만 공장으로 출발하겠습니다."

일신 중공업 연구소에서 회수된 플라즈마 실드 발생장치는 이곳에서 10㎞떨어진 천하 컨소시엄 공장으로 가져가기로 되어 있었다.

그 공장은 대한민국의 신형전차인 백호가 생산되는 공장이었다.

육군에 올해 안에 50대를 납품하고 내년에 100대 그리고 내후년 상반기에 1차 주문량 200대 중 남은 50대를 납품을 해야만 한다.

그러니 백호에 들어가는 장치 중 방어의 핵심인 플라즈마 실드 발생장치를 빠르게 확보하는 것이 중요했다.

아니, 1차 주문 물량에 들어갈 장치의 수량은 아직 급하지 않았다.

추가 2차, 3차 주문에 필요한 장치의 확보가 시급한 일이었다.

대한민국 육군은 2028년 하반기가 끝나기 전에 M48 패튼 전차 계열은 물론이고, 구형이 된 K—1전차와 파생

형 개량 전차들을 전량 교체를 할 계획이다.

이는 전차 1,500대에 이르는 엄청난 사업이다.

전차 1,500대면 백호의 가격이 100억 원이라고 치고 계산을 해도 150조에 해당하는 엄청난 금액이다.

이를 6년에 걸쳐 집행한다고 해도 엄청난 금액이 아닐 수 없다.

그 때문에 국방부는 단순 국방 예산으로만 재원을 마련하는 것이 아니라 백호와 교체되는 장비들을 제3국가에 중고로 판매를 하기로 하였다.

이렇게 육군의 장비교체 계획이 수립이 되었으니 천하 컨소시엄으로서도 신형전차에 들어가는 플라즈마 실드 발생장치를 확보하기 위해 비상이 걸렸다.

하지만 플라즈마 실드 발생장치는 전적으로 수한만이 만들어 낼 수 있는 장치였다.

6년이란 시간이 주어진다면 수한 혼자라도 충분히 만들어 낼 수도 있지만 일은 그렇게 간단한 것이 아니었다.

시간적 여유는 있지만 수한이 플라즈마 실드 발생장치만 만들고 있을 수만은 없었다.

신형 전차의 약점을 파악한 수한은 그것을 보완하기 위해 백호에 생명을 주기 위한 연구를 해야 했고, 또 해군에서 의뢰한 것 또한 연구를 해야 했다.

몸은 하나인데 할 일은 많았기에 수한은 수한대로 특단의 조치를 강구해야만 하였다.

아무튼 일신 중공업 연구소에서 회수한 플라즈마 실드 발생장치는 천하 컨소시엄 공장으로 이송을 하면 되었다.

◈   ◈   ◈

38번 국도가 보이는 야산, 일단의 사람들이 모여 도로를 내려다보고 있었다.

─치익, DS1 목표가 출발했다. 다시 한 번 반복한다. 목표가 출발했다.

무전기에서 송신이 들려왔다.

장현은 자신의 주변에 있는 부하들을 돌아보았다.

"다른 말은 하지 않겠다. 그동안 대기를 하느라 고생들 했다. 이번 일만 완수하면 우리는 조국의 영웅이 되는 것이다."

장현은 비장한 음성으로 부하들의 분위기를 고취시켰다.

아닌 것이 아니라 플라즈마 실드는 아직까지 이론으로만 가능하다고 생각되던 기술이었다.

그런데 몇 수 아래라 평가되던 한국이 엄청난 것을 실현하였다.

 더욱이 자국에서도 극비로 취급되는 신형전차에 맞상대할 수 있는 아니, 그 이상의 전차를 개발한 것이 국가 주석을 비롯한 중국 공산당 최고위원들을 긴장시켰다.

 그러하였기에 최고위원들이 자신들이 누리던 권리를 일부 보상으로 풀며 자신들을 한국에 파견하였다.

 이러한 내막을 잘 알기에 장현은 어금니를 지그시 깨물었다.

 그동안 출신성분이 불분명하다는 이유로 출세를 하지 못했다.

 남들은 장현이 엘리트 중의 엘리트인 MMS의 특수부대 대장이라는 자리에 앉아 있으니 출세한 것이 아니냐, 말하지만 그 내막을 들여다보면 그렇지도 않다.

 MMS 특수부대 대장이라는 자리는 어느 정도 권한이 있는 자리인 것은 맞았다.

 하지만 언제 어느 때 목숨이 다 할지 모르는 자리이기도 했다.

 특수부대 흑검은 초강대국 미국의 특수부대를 겨냥해 만들어진 부대이기 때문이다.

즉, 그 말은 자신들과 동급이거나 이상의 존재를 상대해야 하는 임무가 흑검에게 주어진 주 임무였다.

그러니 오늘 임무를 완수했다고 내일 출동하는 임무에서도 살아남을 수 있다고 장담할 수가 없는 것이 바로 흑검의 미래였다.

그런데 이번에 자신에게 기회가 찾아왔다.

세계 최초로 개발된 플라즈마 실드 발생장치의 탈취해오라는 임무가 주어졌다.

더욱이 이 엄청난 물건을 만들어 낸 것이 초강대국 미국도 아니고, 과거 세계 패권국이던 러시아도 영국, 프랑스도 아니다.

언제나 호구처럼 줏대 없는 약자인 한국이 그런 엄청난 보물을 개발하였다.

장현과 흑검들은 이번 임무는 쉬워도 너무나 쉬운 임무였다.

한국이라면 총기 소지가 금지되어 조금 까다롭기는 하지만 솔직히 현재에 그런 법은 유명무실했다.

실제로 구하려고 하면 쉽게 구할 수 있는 것이 총기류였다.

자신들이야 대사관을 통해 쓰던 장비를 조달받았지만 말

이다.

아무튼 조금 뒤 이 길을 타깃이 지나갈 것을 알기에 준비를 해야 했다.

그런데 장현은 미처 알지 못했다. 자신들뿐 아니라 현재 플라즈마 실드 발생장치를 노리고 있는 세력이 있음을 말이다.

플라즈마 실드 발생장치는 현재 강대국이라 알려진 모든 나라의 주목을 받고 있음을 말이다.

그리고 이들이 있는 곳과 불과 1㎞도 떨어지지 않은 곳에 자신들을 지켜보고 있는 존재들이 있음을 말이다.

먹이를 노리는 버마제비―사마귀―를 쳐다보는 참새가 있음을 말이다.

중국 MMS특수부대 흑검들이 위치한 야산에서 1㎞ 정도 떨어진 또 다른 야산, 이곳에 일단의 동양인들이 모여 장현을 비롯한 흑검들의 모습을 지켜보고 있었다.

―여기는 제로1, 목표물을 실은 차량이 출발했다.

"알았다. 제로1, 제로1은 타깃이 사라지는 것을 끝까지 확인하고 변수가 있는지 알려라!"

—알겠습니다.

띠릭!

무전기를 끈 사이고 다카모리는 주변에 모여 있는 부하들을 보며 작은 목소리로 지시를 내렸다.

"주목, 방금 타깃이 출발을 하였다."

사이고의 말에 부하들의 눈빛이 바뀌기 시작하였다.

조금 전까지만 해도 조금은 나태한 모습을 보이던 이들의 눈빛이 지금은 먹이를 사냥하기 위해 주목하는 짐승들처럼 날카롭게 빛났다.

이들의 정체는 일본 정보국인 NNSA의 특수부대인 닌자대였다.

고대 첩보원이자 암살자인 닌자의 비술을 배우고 현대 광학 장비를 접목시켜 양성한 일본의 특수요원들이다.

한 명, 한 명의 능력이 결코 중국 MMS의 흑검들에 뒤지지 않고, 미국 CIA 처리팀에 뒤지지 않는 최정예 요원들이다.

"우리의 작전은 중국 돼지들이 목표를 습격하고 난 뒤를 노린다."

사이고는 자신들이 펼칠 작전에 대하여 설명을 하였다.

그런데 사이고가 작전에 대한 설명을 하고 있지만 어느 누구도 작전에 대한 의문을 표하지 않고, 그가 하는 지시를 그대로 듣고만 있었다.

이것은 그저 맹목적으로 사이고의 지시를 따르는 로봇이라서가 아니라 사이고가 하는 말이 가장 합리적이기 때문이다.

이들 닌자대는 정보국인 NNSA 산하 특수요원이기는 하지만 다른 나라의 정보기관의 특수부대처럼 팀 단위로 움직이는 것이 아니라 개인별로 임무를 수행을 한다.

그런데 오늘만큼은 닌자대 전체가 나서서 작전에 투입이 되었다.

물론 이 자리에 있는 요원들이 닌자대의 전체 인원은 아니다.

닌자대가 할 일은 너무도 많다. 북방의 위협 세력인 러시아도 감시해야 하고, 또 신흥 강자로 떠오르는 중국도 감시를 해야만 했다.

뿐만 아니라 동맹인 미국도 일본을 위해서 그들의 뛰어난 과학기술과 군사기술들 등 일본에 필요한 정보를 빼내기 위해 세계 각국에 파견 나가 있다.

그랬기에 한국에 출동한 이들은 정보국에 남아 있는 닌

자들에 대한 총동원령이었다.

그러니 닌자들의 특성상 합동 작전은 다른 나라의 특수 부대보단 많지 않아 솔직히 이번 작전의 성공을 장담할 수 없었다.

그리고 그런 생각은 닌자들 모두 조금씩 그런 생각을 하고 있었다.

개별 작전에 한해서는 자신들이 세계 최고라 생각하지만 합동 작전에는 그들보다 한 수 뒤진다는 것을 알고 있는 닌자들은 사이고의 작전에 이의를 제기하지 않았다. 그 작전이 가장 합리적이고 또 피해가 적다는 것을 인정하였기에 조용히 듣고만 있는 것이다.

아무리 사이고가 NNSA의 수장이라고 해도 닌자대에게 함부로 지시를 내리는 위치는 아니기 때문이다.

아무튼 사이고는 이들에게 중국의 흑검들이 일을 벌이고 난 뒤 기습을 하여 죄는 모두 중국에게 떠넘기고 열매는 일본이 챙기는 작전을 구상하였다.

그런데 이때 사이고 역시 장현처럼 방심을 하고 있었다.

자신들의 은밀함을 과신한 것인지 또 다른 누군가 자신들을 감시하고 있는 눈이 있음을 알지 못했다.

그들의 정체는 바로 다름 아닌 미국 CIA였다.

세계 최강대국 미국, 대한민국과 동맹을 하고 있으면서 아직까지도 주국 군대를 한국에 주둔시키고 있는 그렇기에 합법적으로 많은 군사 장비를 운용할 수 있는 나라가 바로 미국이다.

　먹이를 노리는 버마제비, 그 뒤를 노리는 참새, 그리고 그런 참새를 높은 곳에서 주시하는 솔개까지. 그것이 현재 플라즈마 실드 발생장치를 노리는 중국과 일본 그리고 미국의 모습이었다.

　"그런데 이대로 괜찮은 것이냐?"

　정명환은 파주에 있는 천하 컨소시엄 공장에 달린 수한의 연구실에 와 있었다.

　오늘 일신 컨소시엄에서 플라즈마 실드 발생장치가 들어오기로 하였는데, 이 모든 것이 이미 사전에 계획된 대로 흐르고 있어 정명환은 조금 걱정이 되었다.

　모든 일이 계획대로만 된다면 위험은 있어도 직원들의 신변에 이상을 없을 것이다.

　그렇지만 사람이 하는 일이란 것이 모두 계획대로 흘러

가는 것이 아니지 않는가.

지금까지야 사전에 계획한 대로 진행이 되어 가는 듯 보이지만 그래도 이제부터 상대해야 할 집단은 단순하지 않았다.

알려진 존재만 해도 미국 CIA의 특수부대와 중국 국안부(MMS)의 특수부대원들이다.

이들이 플라즈마 실드 발생장치의 탈취와 개발자인 수한을 납치하기 위한 목적으로 한국에 들어왔다는 것을 국정원으로부터 전해 들었다.

이 때문에 연구소와 연구원들을 보호하기 위해 천하 디펜스에서는 천하 가드에 요청을 하여 특급 경호원들을 배치시켰다.

천하 가드의 특급 경호원들은 모두 대한민국 특수부대에서 복무하고 또 최정예로 알려졌던 이들만 따로 분류시킨 인물들이었다.

그 때문에 이들을 연구원들의 경호원으로 붙이는 비용도 상당했다.

그렇지만 비용이 많이 들더라도 연구원들을 외국에 빼앗기는 것보다는 나았기에 눈물을 머금고 감내하는 중이다.

그런데 지금 정명환은 그런 특수부대 출신의 특급 경호

원들이 붙어 있는 수송팀이 못내 걱정이 되었다.

적이 웬만해야 안심을 하겠는데, 사실 특수부대 출신의 특급 경호원이라고 해도 일선에서 벗어난 지 오래 된 사람들이다.

꾸준히 훈련을 하는 것과 실전을 한 번 경험하는 것은 하늘과 땅만큼이나 갭이 존재하다.

그러니 정명환의 걱정이 단순 기우만은 아니었다.

그렇지만 그런 정명환을 보면서도 수한의 표정은 변함이 없었다.

자신이 아무리 준비를 단단히 했다고 하지만 피해는 발생할 것이다.

수한도 자신이 모든 상황을 통제할 수 있다고 생각지는 않았다.

다만 피해를 최소한으로 하면서 어둠 속에서 자신들을 노리는 적들을 일소할 계획이다.

말로만 우방임을 떠드는 미국에도 이번 기회에 대한민국이 결코 쉬운 상대만은 아니란 것을 알려야 한다.

그리고 경제가 성장하면서 과거의 영광을 재현하려는 중국에도 경종을 울려야 했다.

대한민국이 마치 오랜 과거 중국에 사대 하던 조선처럼

생각하는 중국 정치가들에게 따끔한 교훈을 안겨 줘야만 할 때였다.

또한 주변 강대국의 말이라면 무조건 고개부터 숙이는 대한민국의 국회의원들에게도 또한 마찬가지였다.

그렇기 위해선 이번 일로 어느 정도 피해가 발생해야만 했다.

아니, 막으려 해도 모두 막을 수는 없으니 분명 피해는 발생할 것이 분명했다.

자국민의 피해를 보면서도 일부 국회의원들은 그래도 중국이나 미국에 큰소리 한 번 치지 못하고 그저 읍소하듯 떠들다 국가적 대응은 하지 않을 것이다.

잘못을 한 이들에게 큰소리도 치지 못하면서 자국민에게는 큰소리만 치는 이들이 대한민국 국회의원이었다.

말로만 국민의 종이요, 국민의 일꾼이라 떠들며 실질적으로는 국민을 개떡으로 알고 있는 이들. 그들은 분명 이번에도 말로만 떠들다 그칠 것이다.

이런 이들을 이번 기회에 확실하게 국민을 위해, 나라를 위해 일하는 정치인과 분리를 하여 국민들에게 알려야 할 것이다.

그래서 이런 위험한 계획을 수한은 계획하였다.

나라를 좀먹는 정치꾼과 그런 정치꾼과 결탁하여 국민을 착취하는 장사치들을 최대한 가려내야만 한다.

　그래야 대한민국이 보다 더 발전하는 밝은 미래로 갈 수 있다고 생각하기 때문이다.

　"삼촌! 너무 걱정하지 마세요. 작은 위험은 있겠지만 큰 피해는 없을 것입니다. 저도 따로 준비한 이들이 있으니 아마 지금쯤이면 직원들과 자리를 교체했을 것입니다."

　수한은 아직도 직원들을 걱정하는 정명환의 모습에 조금 신경이 쓰인 수한은 그렇게 정명환을 위로하였다.

　확실히 그런 말을 들은 정명환의 표정이 조금은 밝아졌다.

　그도 수한이 말한 이들을 잘 알고 있었다.

　북한을 탈출한 탈북자들 중에는 북한 특수부대 출신들이 있는데, 그들 중에서 믿을 만한 이들만 추려서 경호부서를 꾸렸다는 것을 말이다.

　비록 나이들이 좀 많기는 하지만 어찌 된 일인지 그들은 현역 특수부대원을 능가하고 있었다.

　막말로 날래기는 호랑이를 능가하고 힘은 불곰을 능가하였다.

　그러한 바탕에 북한 특수부대원들의 살인무술이 겸비되

니 그 무서움은 이루 말할 수 없었다.

그런 사실을 너무도 잘 알고 있으니 정명환이 안심을 하는 것이기도 하다.

"참, 삼촌!"

"왜?

느닷없는 수한의 부름에 정명환이 무엇 때문에 자신을 부른 것인지 물었다.

그런 정명환의 대답에 수한은 플라즈마 실드 발생장치의 다운 그레이드에 관한 이야기를 하였다.

사실 이번 신형전차에 들어가는 플라즈마 실드 발생장치 안에 들어간 마법진은 실드 마법이 아니라, 보다 상위의 마법인 배리어 마법이다.

배리어 마법은 실드 마법와 마찬가지로 방어 마법이기는 하지만 실드 마법이 대상 앞에 작은 방패를 형성하는 것이라면 배리어 마법은 대상을 보호하기 위해 반구형이 방어막이 덮어쓰는 형태로 형성이 된다.

더욱이 배리어 마법은 실드 마법보다 2단계나 높은 5클래스 마법이다.

그런데 3클래스에 방어마법으로 실드 마법이 있고, 5클래스에 배리어 마법이 있듯 4클래스에도 방어마법은 존재했다.

3클래스 실드 마법이 개인이나 작은 물체를 보호하기 위한 작은 방패를 형성한다면, 4클래스 방어 마법은 실드 마법의 확장형으로 보다 큰 방패를 형성하는 마법이었다.

이름도 그레이트 실드다. 수한은 자신들이 지키고 싶다고 해서 언제까지 플라즈마 실드 발생장치를 지킬 수 없다는 것을 잘 알고 있다.

강대국들은 자신들이 가지지 못한다면 다른 나라도 가지지 못하게 방해를 하고 압력을 행사할 것이다.

그것이 바로 강대국의 방식이다. 핵무기가 위험하다는 것은 누구나 알고 있다.

그 무서움도 잘 알고 있었기에 국제사회에서 핵무기를 개발하려는 나라를 철저기 고립시키고 제재를 가하고 있다.

하지만 그 면면을 들여다보면 기존에 핵무기를 보유한 핵보유국들이 자신들이 가지고 있는 강력한 힘을 나누지 않기 위한 조치에 불과했다.

자신들만 그런 무기를 가지고 있었을 때는 어떤 짓을 해도 통했는데, 다른 자들도 보유하게 되면 자신들의 말이 잘 먹히지 않을 것이란 사실을 잘 알기 때문이다.

좋은 예가 인도와 파키스탄 그리고 이란이다.

처음 핵무기를 개발할 때만 해도 미국을 비롯한 강대국들이 단합을 하여 제재를 하였다.

해상과 공중 등 전 방위적으로 봉쇄를 하여 기본 생필품은 물론이고 의약품에 이르기까지 수입을 하지 못하게 하는 통에 힘든 시기를 겪었다.

그렇지만 그들이 핵무기를 개발 완료하자 상황이 바뀌었다.

경제 제재는 풀리고 생필품과 의약품이 그 나라로 들어가기 시작했다.

왜냐하면 핵무기가 없었을 때에는 그들이 아무리 떠들어도 강대국은 위협을 느끼지 않았다.

하지만 별다른 위협이 되지 않던 나라가 핵무기라는 위험한 무기를 보유하게 되자 입장이 바뀌었다.

아무튼 그런 강대국들의 행동을 보면 플라즈마 실드 발생장치도 언젠가는 강대국의 논리에 의해 공개가 될 것이 분명했다.

그렇지 않았다가는 공공의 적으로 몰려 대한민국은 국제적으로 고립이 될 것이기 때문이다.

그러니 적당한 시기에 플라즈마 실드에 관한 통제도 풀리게 될 것이다.

그런데 이때 무턱대고 플라즈마 실드 발생장치를 외국에 팔 수도 없는 문제다.

어느 나라든 외국에 자국의 무기를 수출할 때는 성능을 하향시켜서 자국에 최대한 위협이 되지 않는 수준에서 수출을 하였다.

그러니 대한민국 정부도 천하 컨소시엄에 그러한 요구를 할 것이다.

수한은 이러한 미래를 생각해 적당한 마법인 그레이트 실드 마법을 응용한 다운 그레이드판 플라즈마 실드 발생 장치를 생각하였다.

그렇다고 그레이트 실드 마법이 배리어 마법에 비해 효용가치가 적은 것은 아니다.

아니, 어쩌면 현대 무기에 적용하는 것이라면 어쩌면 그레이트 실드 마법이 더 효율적일 수도 있었다.

그리고 배리어 마법을 사용하는 플라즈마 실드 발생장치를 생산하는 것 보다 그레이트 실드 마법을 적용하는 것이 생산비용 면이나 속도에서 훨씬 간단하고 비용도 적게 들었다.

1단계 차이지만 4클래스 마법진과 5클래스 마법진에 들어가는 마나석—옥(玉)—의 수준이나 수량에서 차이가 있기 때문이다.

"플라즈마 실드 발생장치를 개량했습니다."

"뭐? 그게 가능한 것이냐?"

정명환은 수한의 말에 깜짝 놀랐다. 솔직히 기존의 장치도 아무리 뒤져 봐도 그것의 작동 원리를 알 수가 없었다.

어떤 메커니즘을 가지고 작동하는지도 모르는데, 그것을 개량했다는 말에 고개를 갸웃거릴 뿐이다.

"기존의 것이 반구형으로 막을 형성하는 것이라면, 이번 개량한 것은 원하는 방향에 커다란 벽을 세우는 것과 같은 형태로 나타납니다."

수한이 그레이트 실드 마법에 관한 이야기를 들려주자 정명환의 눈빛이 바뀌었다.

지금 수한이 하고 있는 물건의 가치를 금방 깨달은 때문이다.

"언제까지 정부에서 그것을 막아 낼 수 있을지 모릅니다. 그러니 우리라도 먼저 대비를 해야 하지 않겠습니까?"

"그렇지, 하이에나와 같은 놈들이 언제까지 그냥 두고 보지는 않을 것이니……."

정명환은 조금 전 플라즈마 실드 발생장치의 수송으로 걱정하던 것도 잊고 수한이 말한 개량형 플라즈마 실드 발생장치에 관한 생각으로 머릿속이 빠르게 회전하고 있었다.

그런 정명환의 모습에 수한은 살짝 미소를 지었다.

어차피 화살은 쏘아졌다. 날아가는 화살을 중간에 막을 수는 없으니 이제는 화살이 정확하게 표적에 명중하기만 기다리면 되는 일이다.

그렇지만 걱정이 많은 정명환이 그런 사실을 알면서도 걱정을 떨치지 못하자 수한이 정명환의 관심을 플라즈마 실드 발생장치의 수송에서 개량형 플라즈마 실드 발생장치 쪽으로 돌린 것이다.

그런 수한의 의도대로 정명환의 관심이 새로운 물건으로 돌아가는 것은 당연한 일이었다.

정명환도 사업가다. 그러니 새로운 제품에 관심을 보이는 것은 당연하고 또 그래야만 했다.

새로운 상품에 대한 가치를 측정하고 그것의 판로에 대해서도 계획을 해야 하는 것이 맞았다.

4.
플라즈마 실드 발생장치를
사수하라

세계 유수의 정보단체들에 초비상이 걸렸다.

아시아 끝 작은 나라에서 발생한 한 사건으로 인해 미국 CIA는 물론이고 영국의 MI—6, 프랑스 대외안보총국 (DGSE)은 물론이고 러시아 총정보국(GRU) 등, 국제 정보조직에서는 그동안 대한민국 정보단체인 국가정보원 (NIS)를 정보단체로서의 등급을 무척이나 아래로 보고 있던 것을 수정했다. 주의 내지는 위협적인 존재로 인식하기에 이른 것이다.

그동안 한 국가의 정보단체라고 보기에 너무도 허술한 보안능력과 요원의 첩보능력 그리고 인원수 등 어느 것 하나 눈여겨볼 만한 것이 없었다.

아니 눈여겨보는 것이 아니라 이용해 먹기 딱 좋은 먹이 정도로 인식하고 있었다.

실제로 미국은 이런 NIS를 상당히 자주 이용하기도 하였다.

국내 정치나 해외 파병 등 필요할 때면 적당히 거짓 정보를 흘려 한국이 스스로 나서게 만들어 이익을 추구하였다.

그런데 이번 사태로 인해 그런 현상이 역전이 되어 버렸다.

비밀에 가려져 있던 CIA 처리팀에 관한 정보가 외부에 알려지게 되었다.

물론 CIA 처리팀에 관한 이야기는 오래전부터 각국 정보단체에 알려지기는 하였지만, 이번 일처럼 공식적으로 활동하는 것이 외부에 공개된 것은 처음이었다.

그 때문에 현재 CIA 내부에서는 외부에 공개된 처리팀의 처리로 골머리를 앓고 있었다.

아니, 내부도 내부지만 동맹국 안에서 테러를 자행한 일로 국내 정치는 물론이고 국제사회에서 상당한 곤욕을 치르고 있다.

GREAT
그레이트 코리아
KOREA

더욱이 UN사무총장이 바로 대한민국 출신이라 더욱 그 러하다.

그런데 이들 정보단체가 가장 곤욕스럽게 생각하는 것은 다름이 아니다. 강대국 정보단체들에는 일반적으로 알려진 정보요원만 있는 것이 아니라 특별한 임무를 위한 특수팀이 따로 존재하였다.

CIA에 처리팀 MI—6에도 그런 조직이 별도로 존재하고 있으면 DGSE나 GRU도 따로 별도의 특수팀이 있었다.

이것을 흉내 낸 것이 중국 MMS의 흑검과 일본 NNSA의 닌자대다.

그런데 이런 존재들이 한국의 특수팀에 당해 일부는 사살 되었고, 또 일부는 포로로 붙잡혔다.

스파이가 적국에 포로로 붙잡힌다는 것은 엄청난 불명예스러운 일이다.

그런데 그런 불명예스러운 일을 중국의 흑검이나 일본의 닌자대뿐 아니라 세계 최고라고 알려진 CIA의 처리팀에게도 안겨 주었다.

이 얼마나 어처구니없는 농담과도 같은 이야기가 현실로 일어나고 말았다.

더욱이 한국은 그런 조직이 없다, 아니, 만들 능력이 되지 않는다 평가를 받던 나라다.

그런데 그런 나라의 조직에 세계 최고라는 CIA 처리팀이 당했고, 무섭게 성장하고 있는 중국의 특수조직 흑검이 당했다.

고대 전설처럼 알려진 일본의 난자의 술법을 계승했다고 떠들던 일본 닌자대 역시 당했으니 강대국 정보단체에서 놀라지 않을 수 없는 것이다.

끼익!

호송 차량이 멈추었다.

그러자 뒤따르던 차가 급정거를 하고 급기야 차에서 내린 국정원 직원이 와서 운전기사에게 물었다.

"무슨 일이십니까?"

중요한 물건이 실고 가는 호송차량이 멈추었으니 이번 수송의 책임자인 그로서는 중간에 불미스러운 일이 일어나는 것을 결코 용납할 수가 없었다.

더욱이 들어온 첩보에 의하면 중국의 특수부대원이 물건

을 노리고 침투해 있다는 정보를 들었다.

그러니 한시라도 빨리 물건을 인수인계했으면 하는 것이 그의 심정이었다.

국정원 직원의 질문에 운전기사는 밝게 미소를 지으며 대답을 하였다.

"죄송합니다. 천하 가드 특수경호팀 팀장입니다."

정철원 부장은 자신의 신분증을 국정원 직원에게 보여주 었다.

"네, 그런데 무슨 일로 중간에 차량을 멈춘 것입니까?"

"그게 다름이 아니라 전방 2㎞에 있는 차에 실린 물건을 탈취하려는 집단이 있을 것이란 연락이 왔습니다."

"뭐라고요?"

차를 정차한 이유를 물어 오던 국정원 직원은 깜짝 놀랐 다.

물론 자신도 그런 정보를 듣기는 하였다.

그렇지만 지금 말하는 이처럼 정확한 적의 위치를 알고 있는 것은 아니었다.

기업 운영을 하면서 정보를 취득한다는 것은 당연한 일 이다.

하지만 그것을 전문으로 하는 국정원보다 더 정확한 정

보를 가지고 있는 천하 디펜스 직원의 말에 놀라는 것은 당연한 것이다.

"그게 사실입니까?"

"예, 뒤에 실린 물건이 물건이다 보니 중국이나 일본, 미국까지 이번 일에 나섰다는 정보가 있었습니다. 그래서 상부에서 피해를 최소화하기 위해 일반 직원들을 철수시키고, 저희보고 직접 물건을 후송하라는 지시를 받았습니다."

"알겠습니다. 그럼 저희도 그렇게 상부에 보고를 하겠습니다."

"예, 알겠습니다."

비록 천하 컨소시엄 연구소로 수송하는 물자이기는 하지만 국가 주요 전략품목으로 지정된 물품이라 국정원에서 무척이나 신경을 쓰고 있었다.

사실 이전에는 그리 신경을 쓰지 않았지만 이번 도난 사건과 외국으로 빼돌리려는 시도가 있었고, 또 외국 특수부대가 침투해 있다는 첩보를 들었기에 더욱 신경을 쓰는 것이다.

사실 이들은 알지 못하지만, 대통령 직속 특수부대원도 이들과 얼마 떨어지지 않은 곳에서 수송 차량을 예의주시하고 있었다.

이미 국정원을 통해 외국의 특수부대가 이들이 수송하는 플라즈마 실드 발생장치를 노리고 있음을 알고 있었기 때문이다.

한 대의 차량에 일반 직원을 태워 보낸 뒤 천하 가드 특별경호팀의 경호원들이 직접 수송 차량을 운전하기 시작하였다.

경호 차량에는 물론이고 이 수송 차량에도 특별경호원들이 탑승해 있었는데, 이들은 모두 군 특수부대는 물론이고, 전원 천하그룹 오너 일가인 정씨 집안에서 내려오는 전통 무술을 수련하고 있는 실력자들이었다.

비록 현역에서 물러났다고는 하지만 오히려 노련미와 기예의 완성도는 더욱 높아 현역 그 이상의 능력을 가지고 있다.

그러니 아무리 습격을 하려는 이들이 각국 특수부대 중에서도 가려 뽑은 엘리트라고 하지만 결코 쉽게 물건을 탈취 당하지는 않을 것이다.

붕!

수송 행렬이 다시 출발을 하기 시작했다.

선두 인솔 차량은 물론이고 양옆의 경호 차량까지 모두 수송 차량의 시동과 함께 출발을 하기 시작하였다.

"온다. 모두 각자 위치에서 준비들을 하도록!"

"알겠습니다."

목표가 자신들이 은신하고 있는 곳 인근에 접근을 하자 장현은 부하들에게 명령을 내렸다.

부하들이 움직이는 것을 확인한 장현은 코끝으로 화약 내음이 풍기는 듯하였다.

"좋군!"

아직 총기를 사용하지 않아 절대로 그런 냄새가 날 일이 없겠지만, 장현은 정말로 화약 냄새를 맡았다.

그가 이런 나지도 않는 화약 냄새에 흥분을 하는 것은 그가 중국 특수부대원으로 많은 비밀작전을 했기 때문에 든 습관 때문이다.

외부에 알려지지는 않았지만 장현은 외국에서 비밀리에 많은 작전을 하였다.

테러 단체의 전투 교관으로 파견을 나가 테러범들을 교육시키기도 하였고, 또 그들과 함께 실전을 하기도 하였다.

물론 실전이라고 동급의 군부대와 전투를 벌인 것이 아

니라 기껏해야 아프리카 원주민의 자치대와의 전투 정도였
다.

AK소총으로 무장한 자치대라고 해서 무시할 대상은 아
니었다.

사방이 훤한 사바나에서 원주민 마을을 습격하는 것은
결코 쉬운 일이 아니다.

비록 AK소총으로 무장하고 있다고 하지만 그가 훈련을
시킨 테러 단체도 그보다 조금 더 나은 정도의 무장을 하고
있을 뿐이기 때문이다.

하지만 무장이 비슷하다고 해서 전투력이 비슷한 것은
아니었다.

잘 훈련된 테러범들은 자치대가 막고 있는 부락을 초토
화 하였다.

그 과정에서 장현도 많은 아프리카 원주민을 학살하였
다.

그래서 그런지 장현이 살기를 품을 때면 그의 부대원들
도 함부로 나서지 못했다.

비슷한 과정을 경험하고 지금의 자리에 오른 흑검 대원
이라고 해도 유독 장현의 살기가 강했기 때문이다.

아무튼 전장의 화약 냄새에 유난히 흥분을 하는 장현이

었다.

평소에는 어떻게 보면 지적이기까지 보이는 장현이지만 총기를 들고 전장에 나설 때면 그의 성향은 180도 바뀌었다.

사바나의 잔인한 포식자들처럼 그의 기질도 먹이를 향한 야성을 드러냈다.

그리고 지금 그의 눈에 보이는 수송 차량을 보며 잠재웠던 야성을 깨우고 있었다.

목표했던 차량이 점점 다가올수록 장현의 심장은 흥분으로 급하게 뛰기 시작했다.

"GO!"

비록 중국인이지만 작전 계시 신호는 영어로 신호를 하였다.

그게 간단하면서도 다른 말로 하는 것보다 작전 개시를 알리기 편했기 때문이다.

장현의 신호가 떨어지자 대기하고 있던 흑검대원들이 신속하게 움직이기 시작하였다.

쾅! 타타타탕! 탕탕탕!

커다란 폭음이 들리고 요란한 총소리가 뒤를 이었다.

끼익!

폭탄이 터지는 소리와 총소리에 달리던 차량들이 급하게
브레이크를 밟았다.

◈　　　◈　　　◈

쾅!

수송 차량을 인도하던 선두 차량 앞에서 섬광과 함께 폭
탄이 터졌다.

폭탄은 선두 차량이 지나간 뒤 바로 터졌다.

그 바람에 앞서 가던 선두 차량의 뒷부분이 살짝 공중으
로 떴다가 내려앉았다.

쿵! 끼익!

타타타탕! 탕탕탕!

그런데 폭발음이 있은 뒤, 바로 연이어 총소리가 들렸다.

따따따당!

요란한 총소리와 함께 콩을 볶는 듯한 소리가 가까이에
서 들렸다.

차량에 총알이 부딪히는 소리였다.

"엎드려!"

끼익! 쿵!

차에 타고 있던 사람들은 급하게 깊숙히 몸을 숨겼다.

그러면서 침착하게 대응을 하기 시작하였다.

공격을 받고 있는 반대편의 차문을 열고 하차를 하였다.

그러면서 준비했던 무장을 꾸려 대응을 하기 시작했다.

그런데 총기 휴대가 불가능한 대한민국이지만 이들은 어떻게 된 것인지 모두 총을 가지고 있었다.

국정원 직원은 당연히 총기를 가지고 있었지만 천하 가드에서 나온 경호원들도 모두 총을 들고 있었다.

하지만 이건 당연한 일이었다. 이미 사전에 국가에 허가를 받았기 때문이다.

천하 컨소시엄에서 신형전차를 개발하면서 외국의 정보 단체에서 연구원들과 연구 결과물을 노리고 있다는 첩보를 듣자마자 이들을 경호하기 위한 특별팀을 구성하였다.

그러면서 이들 특별경호원들에 한해 총기 소지 허가를 취득하였다.

이는 아주 특별한 일이기에 특별경호팀에 한해 총기 소지를 허가하기는 하였지만 총기 이동에 대한 보고를 수시로 정부에 신고를 해야만 했다.

무척 까다롭고 번거로운 일이기는 했지만 이런 일이 발생할 것을 예상하고 있었기에 비록 귀찮기는 하지만 정부의 지시를 따랐다.

아무튼 천하 가드 특별경호원들은 총기를 들고 반격을 시작하였다.

비록 적들에 비해 화력 면에서 불리하기는 하였지만 차량을 엄폐물 삼아 반격을 하니 적들도 쉽게 다가오지 못하였다.

천하 가드 특별경호원팀과 중국 MMS의 특수부대인 흑검 한 개 팀이 전투를 벌이고 있었다.

누가 보더라도 천하 가드 특별경호원들이 불리한 싸움이었다.

하지만 이곳이 대한민국이고 또 주변에는 대한민국을 수호하는 군부대가 위치하고 있다는 것을 감안한다면 결코 불리하지만은 않았다.

조금만 버티면 총소리를 듣고 인근 부대에서 지원이 나올 것이기 때문이다.

그리고 폭탄이 터지는 소리와 함께 국정원 직원은 상부에 보고를 하고 있었다.

"박한이 대리입니다. 현재 적과 교전 중입니다."

이미 이런 일이 발생할 것을 예상하고 매뉴얼이 만들어져 있었다.

그 매뉴얼대로 박한이 대리는 상부에 자신들이 피습을 받았다는 보고를 하였다.

보고를 하였으니 조만간 지원부대가 올 것이다.

"상부에 보고를 하였으니 금방 지원 부대가 도착할 것입니다. 조금만 더 버텨 주십시오."

박한이는 한참 적과 교정을 하고 있는 천하가드 책임자에게 알려 주었다.

탕! 탕!

말을 하면서도 전방에 대고 총을 쏘았다.

비록 권총을 들고 있지만 결코 물러설 수는 없었다.

사면이 꽉 막힌 실내, 그 안에는 커다란 모니터가 중앙에 있고, 그것을 들여다보고 있는 사람들이 있었다.

하지만 모니터는 아직 전원이 들어오지 않았는지 아무것도 비추지 않고 검은 화면만 보이고 있었다.

"아직도 연결이 되지 않았나?"

국정원 5국 국장인 김석원은 컴퓨터를 조작하는 요원에게 소리쳤다.

"죄송합니다. 아직 위성과 접속하지 못했습니다."

김석원의 호통을 들은 요원은 이마에 식은땀을 흘리며 열심히 키보드를 조작하고 있었다.

무엇 때문인지 평소에는 잘만 연결되던 위성이 지금 말썽을 부리고 있었다.

따르릉!

"여보세요."

한참 시끄러운 실내에 전화가 울렸다.

"아! 알겠습니다."

전화를 받은 요원은 급하게 김석원에게 달려갔다.

"국장님! 지금 현장에서 교전이 벌어졌답니다."

"뭐야! 이런 쌍! 야 이 새끼야! 똑바로 연결 못해?!"

김석원은 현장에서 교전이 벌어졌다는 부하 직원의 보고에 위성을 조작하던 요원을 향해 고함을 질렀다.

그도 그럴 것이 지금 우려하던 비상사태가 벌어졌다.

그렇지만 자신들은 현장에 없기에 현장이 어떤 지경인지 알 도리가 없었다.

"연결되었습니다."

키보드를 조작하던 요원은 김석원에게 욕을 먹던 요원은 급하게 소리쳤다.

그의 목소리에 모든 사람들의 시선이 중앙 모니터로 향했다.

"어떻게 되고 있나?"

아직 사태를 파악하지 못하고 있는데 누군가 실내로 들어오며 물었다.

김석원 국장은 목소리의 주인공이 누구인지 알고 있는 듯 돌아보지 않고 대답을 하였다.

"이제 겨우 위성이 연결되어 현장 상황을 파악하지 못했습니다."

"그래? 그럼 같이 보지."

국정원장은 위성 통신실에 들어와 어떻게 진행되고 있는지 확인하기 위해 물어보았다가 김석원의 대답을 듣고 모니터로 시선을 던졌다.

위성이 송출하고 있는 화면에 플라즈마 실드 발생장치를 수송하는 차량을 향해 누군가 공격하고 있는 모습이 보였다.

"화면 확대해 봐!"

김석원은 위성 담당 요원에게 지시를 내렸다.

그의 지시가 있자 모니터 영상이 점점 확대가 되었다.

"화면 분할해서 전체 화면과 적 진영을 조금 더 확대해!"

김석원의 지시에 또다시 화면이 그의 지시대로 분할이 되고 수송 차량을 공격하는 이들의 모습이 확대되었다.

"신원 확인!"

김석원의 지시가 떨어지기 무섭게 또 다른 요원이 키보드를 조작하여 수송 차량을 공격하고 있는 적의 얼굴과 국정원 데이터베이스 안에 있는 각국 정보단체의 요원들을 비교 검색하기 시작하였다.

그리고 얼마가 지났을까. 적들의 정체가 하나둘 밝혀지기 시작하였다.

적들의 정체가 모니터 한쪽에 차례로 나타나기 시작하였다.

"음!"

적의 정체가 드러나자 김석원은 물론이고 함께 보고 있던 국정원장까지 신음성을 흘렸다.

"중국에서 먼저 움직였군!"

"SA를 움직여야 하지 않겠습니까?"

김석원은 자신의 옆에 자리하고 있는 국정원장을 보며 물었다.

"아무래도 그래야겠지?"

"그런데 CIA는 어디에 있는 거야?"

"아직 그들의 소재를 파악하지 못했습니다."

이제 겨우 위성과 연결된 지 얼마 되지 않았기에 CIA 처리팀의 위치를 파악하지 못했다.

아니, 파악할 시간이 없었다. 위성과 연결하여 수송 차량을 지켜보며 주변 상황을 알려 주기로 계획되어 있었는데, 위성 연결 문제로 인해 계획이 틀어져 버렸다.

"팀장님!"

수용은 자신에게 말을 거는 정명을 보며 물었다.

"왜?"

"저거 어렵겠는데요."

정명은 자신들의 아래서 벌어지고 있는 전투를 지켜보며 말을 하였다.

하지만 팀장인 수용의 지시가 있기 전까지 자신들은 어떤 행동을 할 수가 없었다.

자신들의 나라에서 외국의 특수부대가 민간 기업을 공격하고 있는 것을 지켜보면서도 명령이 없기에 안타깝지만 지켜볼 수밖에 없었다.

"곧 인근 부대가 지원을 올 것이다. 우린 아직 나타나지 않고 있는 적이 나올 때까지 지켜봐야 한다."

부하의 어렵겠다는 말에 수용도 인상을 찡그리기는 했지만 어쩔 수 없었다.

지금 자신들이 전투에 뛰어든다면 이후에 닥칠 또 다른 적을 감당할 수가 없었다.

물론 그 어떤 적을 상대하더라도 두렵지는 않았다.

다만 대한민국 특수부대 중 엘리트만 모아 만든 자신들은 아직 모든 편제가 완료된 것이 아니다.

더욱이 자신들의 존재를 아직까지 극비로 존재하고 있었기에 외부에 알려져서는 안 되었다.

또 이번 전투만 승리한다고 끝나는 일도 아니다.

자신들은 어떻게든 무사히 전력을 보전하여 부대가 완벽한 편제가 되어 나중에 자신들의 존재가 알려지더라도 다른 나라들이 도발하지 못할 정도의 억지력을 가져야 한다.

이런 생각이 수용의 머릿속에 박혀 있었기에 함부로 판단을 하지 못하게 막고 있었다.

'언젠가는 꼭 이번 일에 대한 복수를 해 주겠다.'

현실의 문제로 인해 눈앞에 부당한 일을 겪고 있는 조국의 현실에 수용은 속으로 그렇게 다짐을 하였다.

수용이 팀장으로 있는 SA는 대통령 직속의 특수부대다.

대테러 전문 특수부대인 707특수임무대대나 국군정보사령부의 특수부대인 HID, 해군의 네이비씰이나, UDT, SSU, 육군의 특전사 등 대한민국에 존재하는 특수부대 중에서도 엘리트만 모아 창설한 것이 바로 대통령 직속 특수부대인 SA(Special Ace)인 것이다.

SA의 창설 목적은 대한민국에 위협하는 나라에 대한 보복을 위한 부대다.

기존의 특수부대도 그러한 목적에 창설이 되기는 하였지만 이미 외부에 알려져 있기에 이들의 이동은 주변국에 감시를 받는다.

그러니 목적한 일을 하기 위해서라면 그들의 감시를 피해야 하지만 우주 공간에 인공위성이 즐비한 상태에서 기존 특수부대가 적진에 침투한다는 것은 불가능하다.

그렇기 때문에 그동안 대한민국은 알게 모르게 많은 손해를 보았다.

일개 해적들은 물론이고 대규모 테러단체들의 표적이 되기 일쑤였다.

이 모든 것이 피해를 입었을 때 적절한 보복을 하지 못

GREAT
그레이트 코리아
KOREA

했던 일에서 비롯된 것이란 판단 아래 윤재인 대통령은 특단의 조치를 내리게 되었다.

엘리트 중의 엘리트만 모은 대테러 보복부대의 구상을 하였고 그래서 탄생한 것이 바로 SA부대다.

그렇지만 아직 SA가 꾸려지기 시작한 지 연한이 짧고, 또 그 특수성 때문에 드러내 놓고 예산을 책정할 수가 없어 아직도 편제가 완료되지 못한 것이다.

더욱이 SA대원이 되기 위한 조건도 까다로워 그런 측면도 없지 않았다.

그러니 SA팀장인 정수용으로서는 아래 상황이 어렵다고 해서 대원들을 함부로 투입할 수가 없는 것이다.

최대한 전력을 보존해야 하는데, 아직 모든 적이 나타난 것도 아니기 때문이다.

닌자대 1번대 대장인 타카미 지로는 자신들이 난입할 시기를 재고 있었다.

"준비해라!"

NNSA 수장인 사이고가 지시를 하고 미리 약속장소로

이동을 하였기에 현재 자리에 있는 이들 중 가장 선임은 바로 타카미 지로였다.

중국의 흑검들이 수송대의 방어를 무력화시켜 가고 있었다.

여기서 더 시간을 지체했다가는 자신들은 닭 쫓던 개 지붕 쳐다보는 상황이 발생할 수도 있었다.

"수송하는 자들의 무력이 한계에 달한 것 같다. 늦기 전에 중국 놈들이 아직 수송대에 정신이 팔려 있을 때 신이치는 2분대를 데리고 뒤를 친다. 그리고 남은 인원은 나와 함께 수송 차량에서 물건을 확보한다."

"하이!"

"출발!"

빠르게 지시를 내린 타카미 지로는 지시와 함께 빠르게 전투가 벌어지고 있는 현장으로 뛰어갔다.

타카미 지로의 명령이 떨어지기 무섭게 자리하고 있던 닌자대는 타카미 지로의 뒤를 따랐다.

한편 난지대가 플라즈마 실드 발생장치를 수송하고 있던 수송대와 흑검들의 전투 현장으로 뛰어가자 그와 떨어진 또 다른 야산에 자리하고 있던 CIA 처리팀도 준비를 하고 있었다.

그런데 CIA 처리팀의 목소리는 들렸는데 그들의 모습이 보이지는 않고 있었다.

이들은 모두 메타물질로 처리된 특수 위장막을 몸에 걸치고 있었기 때문이다.

빛의 굴절을 이용해 몸을 숨길 수 있는 이 위장막은 육안으로는 발견할 수가 없었기에 국정원이 인공위성을 통해 현장을 감시하고 있으면서도 이들은 발견하지 못했다.

"대장! 잽도 움직이기 시작했는데, 우린 언제까지 이렇게 엎드려 있어야 하는 거야?"

클락은 위장막을 들어 전투 현장으로 달려가는 일본의 닌자대를 보며 그렇게 물었다.

"지루한가 보지?"

CIA 처리팀 중 한 개 팀을 운용하는 팀장인 마커스는 자신의 부하 중 한 명인 클락 게이블의 질문에 그렇게 물었다.

"대장! 어서 처리하고 오키나와로 빨리 돌아가자고. 휴가 중에 이게 무슨 일이야!"

클락은 휴가 중 임무를 맡은 것이 불만인지 재촉하였다.

그런 클락의 말에 남은 팀원들도 그와 같은 생각인지 말은 하지 않고 고개를 끄덕였다.

마커스는 그런 부하들의 모습에 입꼬리를 실룩이며 미소를 지었다.

하긴 그도 이번 임무가 그리 썩 마음에 드는 것은 아니었다.

어려운 임무를 끝내고 꿀 같은 휴가를 즐기고 있었는데, 느닷없이 떨어진 명령에 짜증이 났었다.

그나마 이번 임무를 무사히 마치면 이전 임무보다 더한 포상을 약속하였기에 팀원들을 다독이며 한국에 들어왔다.

그리고 한국에 들어온 뒤 자신들이 해야 할 임무가 항간에 화제가 된 플라즈마 실드 발생장치란 것을 알고 깜짝 놀라기는 했지만 그뿐이었다.

사실 플라즈마 실드는 CIA에서도 완성을 한 기술이다.

다만 적용 범위가 무척이나 작을 뿐 아니라 하나를 제작하는 데 들어가는 비용이 천문학적인 금액, 거기다 소요되는 에너지가 어마어마했다.

즉, 그 말은 실용성이 없다는 소리였다.

과학적 기술적 증명은 될지 몰라도 실용성이 없는 것은 별 소용이 없는 일이었다.

그런데 한국에서 실용화 기술을 개발하였고, 또 실물을 만들어 내 생산하고 있다는 것이다.

처음에는 마커스 본인은 자신에게 한국이 플라즈마 실드 기술을 완성했다고 하는 CIA 지부장 도널드가 미쳤다고 생각을 했다.

하지만 증거 영상을 보여 주자 믿지 않을 수가 없었다.

그때의 충격을 생각하면 마커스는 아직도 머리가 띵했다.

아무튼 그 한국이 개발했다는 플라즈마 실드 발생장치라는 것만 탈취해 아시아 지부장인 도널드에게 전달하면 끝나는 일이다.

임무도 여타 자신들이 했던 임무보다 어렵지 않은 임무였기에 마커스는 승낙을 하였다.

그리고 이 자리에 있는 것이다. 본부에서 처리팀의 장비를 사용해도 된다는 허가를 받았기에 이번 한국에서의 임무는 자신들에게는 식은 피자를 먹는 것만큼이나 쉬운 일이다.

"잽들이 움직였으니 우리도 천천히 움직이기로 하지."

마커스는 위장막을 걷지 않은 채 자리에서 일어났다.

엎드려 있을 때는 몰랐는데, 이들이 움직이기 시작하자 약간의 부조화가 일었다.

주변 풍경이 뭔가 렌즈를 통해 빛이 굴절되어 보는 듯

보였다.

하지만 그것도 자세히 쳐다봐야 알 수 있을 정도일 뿐이고, 거리가 있다면 직접 봐도 느끼지 못할 정도로 이들의 위장은 완벽했다.

◈　　　◈　　　◈

"대장! 이렇게 시간을 보내다가는 한국군이 몰려올 겁니다."

플라즈마 실드 발생장치를 수송하는 천하 컨소시엄의 경비 인력의 저항이 생각보다 격렬해 쉽게 타깃에 접근하기가 용의치 않자 등소린이 대장인 장현에게 자신의 생각을 말했다.

그런 등소린의 말에 장현 또한 비슷한 생각을 하였다.

자신이 알기론 한국의 국가정보원에서 위성까지 동원을 한다고 들었다.

그렇다면 더 시간을 지체했다가는 자신들이 원하는 목적을 획득하더라도 위성이 추적을 한다면 한국을 무사히 빠져나간다는 것은 불가능한 일이 될 것이다.

뭐 한국이 위성을 쓰는 것을 최대한 늦추게 하기 위해

해커 부대가 출동을 한다고 했지만 그것만 믿고 있을 수는 없었다.

장현은 그런 생각을 하고 바로 명령을 내렸다.

"약간의 피해가 있더라도 우리의 목적을 위해서 감수한다. 돌격!"

일반적인 작전이었다면 절대로 나오지 않았을 명령이지만 지금은 그럴 수 없었다.

한국의 국가정보원이 자신들의 침투를 이미 알고 있는 상태다.

그래서 이번 수송을 위해 인공위성을 동원해 주변을 살핀다는 정보를 듣고 그것을 방해하기 위해 중국에서 해커 부대가 전자전을 실시한다고 하였다.

중국 해커 부대는 이미 전 세계적으로 그 실력이 정평이나 있었다.

그리고 아직까지 인근에 있는 한국군이 출동을 하지 않았다는 것만 봐도 해커 부대들이 충분히 자신들의 역할을 해 주었다는 걸 장현은 알 수 있었다.

이제 작전의 성공은 자신의 손에 달린 것이다.

최대한 빠르게 물건을 탈취하여 이곳을 벗어나는 것이 최선이다.

아마 조금 뒤면 한국군은 물론이고 자신들처럼 한국의 플라즈마 실드 발생장치를 노리는 또 다른 나라의 특수부대가 움직일 것이기 때문이다.

장현은 절대 자신들만 이 물건을 노린다고 생각지 않았다.

자신들이 알 정도면 미국이나 영국 등 최고의 실력을 가진 정보단체에서 모를 리 없기 때문이다.

더욱이 일본은 한국의 발전을 절대로 좌시하지 않을 것이니 아마도 그들도 움직일 것이다.

중국에서 출발하기 전 장현은 MMS국장으로부터 일본에도 자신들과 비슷한 존재들이 있는데, 다른 점이라면 흑검들이 중국의 전통무술을 수련한 것에 비해 일본의 닌자대는 이름 그대로 암살자의 무술을 수련한 자들이라는 것이다.

그리고 그들도 한국에 이미 침투해 있으니 작전을 할 때 각별히 주의를 하라는 명령을 들었다.

그러니 장현으로서는 한국군 외에 또 다른 적이 나타나기 전에 임무를 완수하고 작전 지역을 벗어나야만 했다.

이런 생각이 조금은 위험이 있는 명령을 부하들에게 한 것이다.

장현의 명령이 떨어지기 무섭게 총격전을 벌이던 흑검들이 일제히 자리에서 일어나 목표를 향해 뛰기 시작하였다.

　　그렇다고 큰 위험이 있는 것처럼 보이지도 않았다.

　　그것은 이들을 막고 있는 천하 가드의 경호원들이 가지고 있는 무기가 권총인지라 그 명중률이나 총알의 잔량이 그리 많지 못했다.

　　"아씨, 지원군은 언제 오는 거야!"

　　달려드는 적들을 향해 총을 쏘던 박한이는 자신도 모르게 고함을 질렀다.

　　적들의 습격을 받은 지 얼마나 시간이 흘렀는지는 모르겠지만 일 초가 여삼추였다.

　　"무턱대고 쏘지 말고 정조준 해!"

　　박한이가 지원군이 오지 않는 것에 대하여 중얼거리고 있을 때 그와 조금 떨어져 있는 수송 차량을 바리케이드로 삼고 있는 천하가드의 경호원의 책임자가 하는 소리가 들렸다.

　　그 소리를 들은 박한이도 정신이 번쩍 들었다.

'아! 젠장, 그걸 생각 못했네!'

적과 다르게 자신들은 권총을 들고 있었다.

그 말은 무장에 제한이 있다는 소리였다.

여분의 탄창이 있기는 하지만 적을 막기 위해 가지고 있던 탄창 중 벌써 두 개를 소비했다.

이제 남은 탄창은 총알 열 발이 들어 있는 탄창 한 개와 지금 쏘고 있는 권총에 남은 총알 네 발뿐이다.

즉, 총을 열네 번 쏘면 자신은 무방비가 된다는 소리였다.

그런 생각이 들자 뒷목이 서늘해졌다.

그 때문에 잠시 반격을 하지 못했지만 계속해서 들리는 총격 소리에 정신을 차리고 달려오는 적을 향해 총을 쏘기 시작하였다.

하지만 조금 전과 다르게 조금은 신중하게 총을 쏘았다.

총알이 모두 떨어지면 자신들은 죽은 목숨이란 것을 잘 알기 때문이다.

그런데 상황이 또다시 변하기 시작하였다.

자신들을 향해 달려들던 적들이 쓰러지기 시작한 것이다.

지금까지와는 다른 작은 총소리가 간간히 들리는 것이

지원군이 온 것 같았다.

'지원군이 도착한 것인가 보군!'

달려오던 적들이 쓰러지는 모습을 확인한 박한이는 이제야 기다리던 지원군이 도착한 것이라 생각하였다.

하지만 곧 자신이 잘못 생각하고 있었다는 것을 알게 되었다.

지원군이라면 정규군이 분명할 것인데, 지금 들리는 총소리는 뭔가 이상했다.

'저들은 또 누구야! 아군이야? 적군이야?'

검은 복장의 또 다른 인물들이 나타나 총을 쏘며 접근하는 것이 보였다.

대한민국에서 저와 비슷한 복장을 한 인물들은 박한이가 알기로는 707뿐이 없었다.

대테러 전문 진압부대인 707부대 외에는 검은 복장에 두건을 쓰지 않는다.

그런데 이 자리는 707이 출동할 만한 거리가 아니었다.

미리 대기를 하고 있었다고 하면 이야기가 될 수는 있지만 언제 어디서 테러가 발생할지 모르는데, 이곳 파주에 그 중요한 그들이 미리 파견 나와 있었을 것이란 생각이 들지 않았다.

복장은 비슷하나 그것이 의심이 된 박한이는 새롭게 나타난 이들을 경계하였다.

비록 자신들을 습격한 적을 향해 공격을 한다고 하지만 새롭게 나타난 이들의 정체를 알 길이 없기에 경계를 하는 것이다.

"아군입니까?"

박한이가 그렇게 생각을 하고 있을 때 수송 차량 옆에 있던 천하가드 책임자가 자신의 옆에 다가와 물어보는 것이다.

"잘 모르겠습니다. 707과 비슷한 복장이기는 하지만 그들이 이 시간에 이곳에 있다는 것이 의심스럽습니다."

"알겠습니다. 그럼 우린 적이라고 생각하고 일단 주의를 하겠습니다."

"그렇게 하십시오."

중간부터 수송 책임자로 임무를 교대한 천하 가드의 정철원 부장은 방금 전까지 교전을 하던 적의 뒤에 나타난 또 다른 인물들의 정체가 혹시나 조금 전 말한 지원군이 아닐까, 하는 생각을 하고 물어본 것인데, 아니라는 말에 조금 실망은 하였지만 수긍을 하였다.

그 또한 특수부대 출신인지라 그도 707이 이곳에 적절한 시간에 나타났다는 것을 의심했었다.

다만 현재 어려운 상황에 처해 있기에 혹시나 하는 심정으로 물어본 것뿐이었다.

조금 전의 적만 해도 감당하기 힘들었다.

그런데 또 다른 적이 나타났다는 것에 심적으로 무척이나 부담이 되었다.

자신이 데려온 부하들이 모두 특전사나 해병특수수색대 등 군 특수부대를 전역한 이들로 구성되어 있다고 하지만 현역에서 물러난 지도 한참이나 지났다.

물론 전역을 한 뒤에도 꾸준히 노력을 하였다고 하지만 현역과 전역자의 갭은 메울 수가 없는 간극이다.

더욱이 무장이라도 적에 비해 충실했다면 갭을 어느 정도 메우겠지만 장비도 적이 더 우수했다.

다만 이곳이 한국이라는 것과 적에게 시간이라는 핸디캡이 있었기에 지금까지 버틸 수 있었다.

수송을 책임진 정철원과 국정원 요원이 새로 나타난 적에 대해 논의를 하고 있을 때 장현도 기습적으로 나타난 적에 놀랐다.

'저놈들은 또 누구야?'

"대장! 저들의 지원군이 온 것 같습니다."

장현이 자신들을 뒤에서 기습한 적들의 모습에 생각을 정리하고 있을 때, 등소린이 그의 곁으로 다가와 소리쳤다.

"네가 2조를 데리고 일단 저들을 막아라! 난 목표물을 맡을 테니."

일 분만 늦게 나타났더라도 임무를 완수했을 것인데, 새로운 적이 나타났다.

빠르게 상황을 파악한 장현은 조금 전 상황은 모두 잊고 부하들을 두 개 조로 분리하여 자신은 임무를 수행하고 등소린을 포함한 2조는 뒤에서 자신들을 기습한 적을 상대하게 하였다.

잦아들던 총소리가 다시 한 번 커지기 시작하였다.

타타타탕! 탕탕!

"윽! 으악!"

교전이 격렬해지자 여기저기서 비명소리가 들리기 시작하였다.

교전은 어느새 수송 차량을 바리케이드로 이용하는 천하가드 경호원들과 MMS의 흑검 그리고 NNSA의 닌자대이렇게 삼파전으로 변했다.

다만 바리케이드를 이용한 전하 가드 경호원들의 적절한 대응과 다르게 흑검과 닌자대의 교전은 점점 치열해지기 시작했다.

그도 그럴 것이 흑검은 자신들을 기습한 닌자대에 대한 복수심 때문인지 경호원들보다는 닌자대에 더욱 많은 총격을 하였다.

어차피 접근한 이들도 자신들과 같은 목적인 것으로 보였지만 일단 당하고는 못사는 것 아니겠는가. 이 때문에 천하 가드의 경호원들은 조금은 편하게 수송 차량을 지켰다.

새롭게 나타난 적으로 인해 수송 차량이 조금은 안정된 것 같은 상황이 되었다.

하지만 상황이 결코 낙관적인 것만은 아니었다.

무엇 때문인지 아직까지 인근 부대에서 지원군이 오지 않았던 것이다.

"팀장님! 더 이상 두고 보다가는 저기 민간인들이 모두 몰살할 것 같습니다."

정명은 상황을 지켜보다 고개를 돌리고 팀장인 정수용에게 말을 하였다.

정수용 또한 전장에 새로 난입한 의문의 조직에 의해 수송을 하던 이들이 조금은 상황이 나아지기는 하였지만, 결코 안전하지는 않다는 것을 알고 있었다.

하지만 쉽게 명령을 내릴 수도 없었다.

정규 편제도 되지 않는 인원으로 저 많은 적을 막아야 한다는 것은 무척이나 어렵다.

그렇지만 언제까지 지켜보기만 할 수도 없었다.

한참을 고민하던 정수용은 부하들을 보며 명령을 하였다.

"일단 민간인들을 우선으로 구한다."

"하지만……."

수용이 사람을 먼저 구하라는 말에 부하 중 한 명이 상부에서 자신들에게 했던 명령에 대해 말을 하려던 때 수용이 먼저 그의 말을 막았다.

"우선 내 말을 들어라! 내가 들은 정보에 의하면 우리가 지켜야 할 그 물건에 안전장치가 되어 있어 탈취를 하였다고 복제나 작동을 시킬 수 있는 것이 아니라고 하였다. 그러니 우리의 우선해야 할 것은 가급적 교전을 피하고 민간인을 구하는 것으로 한다."

오랜 장고 끝에 결정을 한 수용의 명령에 SA대원들은 어쩔 수 없이 따르기로 하였다.

상급부대에서 처음 명령을 받고 나올 때는 어떻게든 수송 차량에 실려 있는 플라즈마 실드 발생장치를 지키라는 것이었지만 SA 팀장인 정수용은 상급부대의 명령은 무시하고 우선적으로 민간인을 구하기로 한 것이다.

물론 나중에 말이 나오기는 하겠지만 정수용은 자신의 최우선 사항은 플라즈마 실드 발생장치를 지키는 것도 또 그것을 수송하는 민간인들을 구하는 것도 아닌 현재 자신의 부하들을 온전하게 부대로 복귀시키는 것이라 판단했다.

이번 임무에는 실패하더라도 부대 편제가 완료된다면 나중에 복수를 할 수도 있는 일이기 때문이다.

자신이 속한 부대의 존립 목적이 바로 적국에 대한 보복이 아니겠는가. 그것을 생각한 정수용의 결정에 그의 부하들은 아직 그가 무엇 때문에 상급부대의 명령을 무시하고 민간인을 구하려고 하는 것인지 알 수는 없었다.

하지만 부대장인 그의 명령이 우선이라는 생각에 믿고 따르기로 하였다.

정수용의 명령이 떨어지자 SA 대원들은 은밀하게 수송 차량 뒤쪽으로 접근을 하기 시작하였다.

그러면서 간간히 수송 차량에 접근을 하려는 이들에게 사격을 하였다.

그렇지 않으면 수송 차량에 있는 민간인들이 위험해질

수 있기 때문이었다.

　파주의 국도에서 총격전이 벌어졌는데, 그곳 말고도 전쟁터가 된 곳이 대한민국에 또 한 곳 있었다.

　"니들 다 죽어 볼래? 장비를 어떻게 관리를 했기에 이 모양이야!"

　국가정보원 컨트롤 센터는 현재 전쟁터를 방불케 할 정도로 어수선하였다.

　그도 그럴 것이 어렵게 접속을 하였던 위성이 다시 먹통이 되어 버렸기 때문이었다.

　현장에서 지금 교전이 벌어졌는데, 그것을 감시해야 할 위성이 먹통이 되었으니 그것을 지켜보던 국정원장이나 이번 작전의 책임자인 5국장 김석원의 목소리가 커지지 않을 수가 없었다.

　다른 물건도 아니고 국가 전략물자를 탈취하려는 적들을 막기 위한 작전이었다.

　그런데 그중 가장 중요한 장비가 고철이 되어 버렸으니 답답할 노릇이었다.

"외부에서 들어오는 과도한 정보로 인해 서버가 다운되었습니다."

한참 컴퓨터를 조작하던 요원이 비명과도 같은 고함을 질렀다.

그 요원의 말처럼 현재 벌어지고 있는 위성 접속 불량은 기기 오류가 아니라 외부에서 들어오는 방해로 인해 발생한 일이었다.

지금 그것을 막기 위해 4국의 요원들까지 총동원되어 막고는 있었지만 결국 서버가 버티지 못하고 터져 버렸다.

위성을 해킹하려는 자와 그것을 막으려는 양자 간의 싸움으로 인해 발생한 과도한 정보 때문에 서버가 다운되었다.

"그럼 보조 서버로 대체하면 되잖아!"

"그렇게 하였지만 그것도 오래 버틸 수 없을 것 같습니다."

"그게 무슨 소리야!"

김석원은 컴퓨터 담당 요원의 말에 깜짝 놀랐다.

국정원도 위성을 관리하는 서버가 다운되는 일을 대비해 보조서버를 준비해 놓고 있었다.

위성을 담당하는 서버의 패스워드도 극비지만 특출 난

해커들은 그런 극비 패스워드를 뚫고 국정원의 슈퍼컴퓨터를 해킹하기도 한다.

그렇기에 국정원은 본 서버 말고도 보조서버도 비밀암호로 묶어 두고 있었다.

그런데 보조서버의 패스워드가 외부에 유출이 되지 않았다면 이렇게 빨리 뚫릴 리가 없었다.

그런 생각을 하니 지금 국정원 슈퍼컴퓨터를 공격하는 해커들이 결코 평범한 이들이 아님을 알 수 있었다.

'도대체 지금 공격하는 놈들의 정체가 누구지? 어떤 놈들이야!'

김석원은 정말이지 자신들을 공격하고 있는 해커들의 정체가 궁금해졌다.

하지만 그 생각도 잠시 파주 현장에서 플라즈마 실드 발생장치를 수송하고 있는 이들이 걱정이 되었다.

이번 작전에 들어가기 전 모임에서 이번 작전의 핵심 물건인 플라즈마 실드 발생장치의 비밀에 대하여 어느 정도들었다.

현대 과학으로는 절대로 비밀을 밝혀낼 수 없다는 이야기를 들었기에 물건이 탈취되더라도 그리 걱정이 없었다.

다만 국내에 암약하는 적들을 막지 못한 것에 자괴감이

들 뿐이다.

함정을 파고 적을 함정에 몰아넣고 제거하려고 했는데 적의 방해를 막지 못해 작전이 실패로 돌아갈 수도 있다는 생각을 하지 화가 나기도 하였다.

5.
라이프 메디텍 보안대

플라즈마 실드 발생장치를 수송하는 천하 컨소시엄의 수송 차량은 출발한 지 10분도 되지 않아 누군가에게 습격을 당했다.

수송대는 습격을 당한 직후 자신들이 누군가에게 습격당했음을 보고하였다.

이번 수송의 경호는 국정원에서 책임지기로 했었다.

하지만 습격을 당했지만 국정원에서는 습격을 효과적으로 막아 내지 못했다.

원래라면 누군가 플라즈마 실드 발생장치를 탈취하기 위해 습격할 것을 알고 있었기에 그런 사고가 발생하면 신속하게 인근 부대에 연락을 하여 지원을 하는 계획을 세웠다.

비록 습격을 하는 이들이 각국의 특수부대에서도 최고의 비밀 부대일 것이기는 하겠지만 사방에서 포위를 한다면 충분히 막을 수 있다고 생각을 하였다.

그렇지만 옛 고사에 진인사대천명(盡人事待天命)이라고 했던가.

아무리 잘 짜인 계획도 하늘의 도움이 없이는 성공할 수가 없는 것처럼 국정원의 계획은 중국 해커 부대와 일본의 스파이 그리고 미국의 방해로 실패하는 듯하였다.

탕! 탕!

SA대원들은 총격전이 벌어지고 있는 현장에 도착을 하였다.

중국 흑검과 일본 닌자대 그리고 천하 가드 특별경호원들의 삼파전이 벌어지고 있는 곳에 뛰어든 그들은 위기에 처한 경호원들을 보호하기 위해 그들의 곁으로 합류를 한 것이다.

"우린 대통령 직속 특수부대원들입니다. 일단 안전한 곳으로 피하십시오."

SA의 팀장인 정수용은 수송을 책임지던 국정원 직원에게 자신의 신분을 알리고 우선 피할 것을 명하였다.

"그럴 수 없습니다. 저 물건이 저들에게 넘어간다면 어떤 일이 벌어질지 상상할 수 없습니다. 안 됩니다."

국정원 직원은 자신이 맡은 임무가 수송 차량에 실린 플라즈마 실드 발생장치를 천하 컨소시엄 연구소까지 가져가는 것을 상기하며 정수용의 지시를 거부하였다.

정수용과 국정원 직원이 실랑이를 하는 동안에도 장현을 비롯한 흑검대원들은 자신들을 공격하는 또 다른 적을 견제하면 멈춰 있는 수송 차량에 접근을 하고 있었다.

그리고 그런 모습을 보이는 것은 뒤늦게 나타난 닌자대도 마찬가지였다.

1번 대장인 타카미 지로의 명령을 받은 이토 신이치도 마찬가지였다.

대장의 명령에 수하들을 데리고 신속하게 플라즈마 실드 발생장치가 들어 있는 수송 차량에 접근을 하였다.

그런데 이렇게 지키려는 자와 뺏으려는 자들이 서로를 경계하며 자신들의 목적을 이루기 위해 수송 차량에 접근하고 있을 때 지금까지의 모든 일을 뒤집는 이들이 나타났다.

어느 누구도 이들을 신경 쓰지 않았다.

그런데 이들은 모습을 나타내자마자 순식간에 수송 차량을 습격했던 흑검대원들과 닌자대를 제압하기 시작했다.

지직! 지직!

작은 전기 스파크가 튀는 소리가 울리고 그럴 때면 무언가 둔중한 물체가 바닥에 쓰러지는 듯한 소리가 울렸다.

털썩! 털썩!

"뭐! 뭐야!"

마치 영화 속에서 튀어나온 듯한 요상한 복장을 하고 있는 이들이었다.

그들의 모습을 설명하자면 SF영화에 나오는 외계인이나 아니면 슈퍼히어로가 하는 복장 같았다.

머리에는 메탈소재의 헬멧을 쓰고 몸은 윤기가 나는 동일한 소재로 만든 갑옷과 같은 것을 두르고 있었다.

거기에 무장은 오른손에 D형의 너클과 비슷한 형태의 금속 링을 들고 있었는데, 지직 소리를 낼 때마다 푸른색의 전기 구술이 생성이 되었고, 그들은 그것을 자신의 근처에 있는 흑검이나 닌자대에게 날렸다.

그럴 때면 흑검과 닌자대는 그것을 피하지 못하고 맞았다.

그리고 결과는 마치 고압전류에 마비가 된 것처럼 사지를 바르르 떨며 바닥에 쓰러졌다.

"이런! 공격해!"

장현은 수하들이 새롭게 나타난 또 다른 적에게 당해 쓰러지자 공격하라는 명령을 내렸다.

지금까지는 교전보다는 목표인 플라즈마 실드 발생장치가 들어 있는 수송 차량에서 물건을 탈취하는 것이 주목적이었다.

그렇지만 새롭게 나타난 이들로 인해 자신들의 목적이 틀어질 것 같은 예감이 들자 장현은 신속하게 목표를 수정하여 부하들에게 명령을 내렸다.

장현의 명령이 떨어지기 무섭게 남은 흑검들은 내려놓았던 총을 다시 들어 새로이 나타난 적을 향해 일제히 공격을 하였다.

이전 자신들을 습격한 닌자대를 두고도 새로 나타난 적에게 집중을 하여 공격을 하였다.

그리고 그건 닌자대도 마찬가지였다.

경쟁자인 흑검들이 자신들을 제쳐 두고 새로이 나타난 정체를 알 수 없는 이들을 공격하자 닌자대도 새로 나타난 적을 공격했다.

이는 지금까지 싸운 흑검들은 나중에라도 충분히 상대할 수 있었지만 방금 나타난 의문의 적은 자신들만으로는 감당이 되지 않음을 깨달았기 때문이다.

하지만 세상일이라는 것이 왕왕 자신의 뜻대로 진행이 되는 것은 아니다.

비록 MMS에서 최고 엘리트만 뽑아 만든 흑검대나 일본 NNSA에서 고대 닌자의 비술을 발굴하여 양성한 닌자대라고 하지만 의문의 복장을 한 적들의 능력은 이들의 예상을 훨씬 웃돌았다.

중국과 일본을 대표하는, 아니, 알려지지 않았으니 대표한다고 할 수는 없다.

아무튼 최고 엘리트 특수부대인 두 집단의 공격을 받는 의문의 존재들은 두 집단에 집중 공격을 받으면서도 별다른 동요도 없이 차분하게 자신들을 공격하는 흑검과 닌자대를 한 명, 한 명 착실하게 처리하였다.

한편 중국의 특수부대인 흑검들이 플라즈마 실드 발생장치를 수송하는 수송대를 습격하고 또 뒤이어 수송대를 습

격하는 흑검들의 뒤를 쳐 어부지리를 노리는 닌자대를 지켜보다 특수위장복을 두르고 천천히 접전이 벌어지고 있는 현장으로 접근을 하던 CIA 처리팀은 깜짝 놀랐다.

전투가 벌어지고 있는 현장에 막 들어서려는 때 자신들보다 더 은밀하게 현장에 나타난 이들을 목격했기 때문이다.

더욱이 특수 처리된 위장막의 효과가 자신들의 것보다 더 뛰어난 것인지 현장에 새롭게 나타난 이들이 나타나기 전까지 주변 환경과 그 어떤 부자연스러운 것이 없었다.

아니, 나타난 것도 원래 그 자리에 있었던 것처럼 너무도 자연스러워 자신들의 눈을 의심할 지경이었다.

"대장! 저들은 누굴까요?"

클락은 아직까지 위장막을 걷지 않은 상태에서 현장에 접근하다 말고 자신의 대장인 마커스에게 물었다.

그의 질문은 목에 두른 진동판을 통해 대장인 마커스에게 전해졌다.

마이크가 아닌 진동판을 이용하는 것은 작은 소리로도 성대의 울림을 진동판이 감지해 정확하게 그 뜻을 전달할 수 있기 때문이었다.

주로 사막지형이나 은밀한 야간 침투작전을 하는 특수부

대에서 쓰는 물건이지만 CIA 처리반 또한 주로 하는 일이 외부에 알려지지 않는 특수한 임무만 하기에 이런 특수한 장비를 사용하였다.

아무튼 아무도 모르게 접근을 하여 대산을 모두 처리하고 원하는 물건을 가지고 현장을 빠져나가기 위해 은밀하게 접근을 하고 있던 마커스도 새로 나타난 의문의 존재로 인해 긴장을 하고 있었다.

그런 그에게 클락의 질문은 정신을 차리게 만들었다.

"의문의 존재들의 정체를 확인할 때까지 모두 그 자리에서 대기한다."

마커스는 팀원들에게 자리에서 대기를 하라는 명령을 내리고 바로 본부에 연락을 하였다.

"정체를 알 수 없는 새로운 적이 나타났다. 그런데 새롭게 나타난 적의 무장 상태가 우리보다 더 뛰어난 것으로 보인다. 동영상을 보낸다."

마커스는 본부에 연락을 하고 지금까지 촬영한 자료를 전송하였다.

일반 작전이었다면 원칙적으로 작전을 하는 현장팀과 본부는 위성으로 실시간으로 연결이 되어 있어야만 했다.

하지만 오늘 작전은 여느 작전과 다르게 통신은 가능해

도 위성으로 현장을 실시간으로 확인하면서 작전 지휘를 할 수가 없었다.

그 이유는 이번 작전에 관련된 나라들이 평소와 다르게 둘이나 더 있었기 때문이다.

더욱이 이 두 나라는 물론이고 이곳 한국도 위성을 통해 현장을 감시할 것을 알기에 그것을 방해하기 위해 정보전이 펼쳐져 있는 상태다.

물론 여느 작전과 같이 정도의 정보전이었다면 상대의 위성을 무력화 시키면서도 자신들은 뛰어난 성능의 위성으로 현장을 보면서 작전을 할 수 있었을 것이다.

하지만 불행하게도 이번 작전에 연관이 있는 아니 경쟁을 하는 국가들은 미국 못지않은 정보전 능력을 가지고 있는 나라들이었다.

이곳 한국은 물론이고 중국과 일본도 자신들에 비해 조금 떨어지기는 하지만 뛰어난 능력을 가진 정보전 전문가와 해커들을 다수 보유하고 있었다.

그러다 보니 현재 한국은 물론이고 중국과 일본처럼 자신들도 위성을 이용하지 못하는 상태였다.

한국은 아니지만 중국과 일본의 해커들이 총동원되어 해킹과 크래킹을 통해 한반도 상공에 대규모 노이즈를 일으키는 상태라 한반도를 주시하고 있는 위성들의 눈이 현재 모두 먹통이었다.

통신은 가능해도 눈으로 현장을 확인할 수가 없어 무척이나 답답한 상태라 CIA 한국지부에서도 어떤 지원을 해주지 못하고 있었다.

마커스는 이러한 상황을 모르기에 일단 자신이 촬영한 동영상을 데이터화 하여 송신을 한 것이다.

"뭐지?"

박한이는 지금 자신의 눈앞에 벌어지고 있는 일을 도저히 믿을 수가 없었다.

어느 순간 갑자기 나타나서 손에서 푸른 전기 덩어리를 날리며 자신과 천하가드의 특별경호원들을 위협하던 이들을 제압하고 있자 눈앞에 펼쳐지는 장면이 현실처럼 느껴지지 않았다.

"아시는 분입니까?"

박한이는 자신도 모르게 조금 전 자신의 뒤에 나타나 대통령 직속 특수부대원이라 밝힌 정수용 대령에게 물었다.

하지만 질문을 받은 정수용도 지금 나타나 흑검과 닌자대를 제압하고 있는 존재들의 정체를 알지는 못했다.

흑검과 닌자대가 쏘는 총을 피하지도 않고 그대로 무시하며 흩어져 있는 그들의 곁으로 빠르게 접근하여 제압하고 있는 존재들의 모습에 소문으로만 듣던 CIA의 처리팀은 아닌가, 하는 짐작을 할 뿐이다.

눈으로 봐도 새로 나타난 존재들의 무장이 결코 평범하지 않았기 때문이다.

인간의 몸으로 내기는 불가능한 움직임이나 간간히 총을 맞은 것이 분명한 소리가 들리지만 그럴 때면 총알이 단단한 쇳덩이에 튕기는 듯한 찢어지는 소리만 울릴 뿐 어떤 피해도 입지 않고 있었다.

그것을 보면 의문의 존재들이 입고 있는 장비가 미국이 극비리에 연구 중이라는 파워슈트가 아닐까 짐작을 해 봤다.

"아닙니다. 모르는 자들입니다."

"하는 행동들을 보면 적은 아닌 것 같은데, 어떻게 생각하십니까?"

박한이는 정수용이 모르는 사람이라고 하자 잠시 흠칫하기는 하였지만 그래도 새로 나타난 의문의 존재들이 자신들이 아닌 자신들을 습격했던 이들을 공격하자 조금은 안심을 하는 듯 말을 하였다.

그런 박한이의 물음에 정수용도 의문이 들기는 하지만 의문의 존재들에게서 적의는 느껴지지 않고 있었기에 잠시 추의를 지켜보기로 하였다.

"아직까지는 우리를 적대하는 것 같지 않으니 잠시 지켜보기로 하지요."

"알겠습니다."

정수용과 박한이가 이야기를 주고받으며 현장은 의문의 존재들에 의해 마무리되어 가고 있었다.

―조장! 되놈들 모두 제압했시오.

―쪽발이 간나 새끼들 완료했시오.

―수송 차량에 접근하던 간나 새기들 제압했이오.

리철명은 자신의 부하들에게서 무전이 날아오자 지시를 내렸다.

"모두 묶어서 끌고 오라!"

―알갔시오.

무전을 날린 리철명은 일이 일단 소강상태가 되자 주변을 들러보았다.

그런데 그가 보는 것은 뒤집어쓰고 있는 헬멧의 화면이었다.

그가 쓰고 있는 헬멧은 미국의 슈퍼히어로 영화 강철 사나이에 나오는 주인공이 개발한 그것과 비슷한 물건이었다.

아니, 이들이 입고 있는 물건은 사실 수한이 영화를 보고 환생 전 기사들이 입던 마갑이 생각나 비슷하게 만든 물건이었다.

비록 영화에서처럼 공중을 부양하고 날아다니는 기능도 없고 또 강력한 레이저나 팔뚝에서 날아가는 미사일은 없지만, 신체 능력을 다섯 배나 늘려 주고 근력은 서른 배나 증가시키는 물건이었다.

또 자체 특수소재를 사용하여 방탄 기능이 있는 것은 물론, 중화기에서 착용자를 보호하기 위해 대한민국의 신형 전차에 들어가는 방어 시스템인 플라즈마 실드 발생장치를 소형화 하여 내장하고 있었다.

수한도 사실 장난 반 기대 반으로 제작한 것인데, 생각 이상으로 엄청난 물건이 만들어진 것이다.

사실 만들고 난 결과물이 자신이 알고 있던 매직아머(Magic Armour, MA)보다 더 뛰어나 깜짝 놀라기도 하였다.

나중에 그런 결과가 나온 것이 현대의 소재들이 뛰어났기 때문에 그런 결과가 나온 것임을 알게 되어 고개를 끄덕일 수 있었지만 어찌 되었든 파워슈트는 생각지도 않은 성공작이었다.

그리고 이 파워슈트는 그 쓰임에 따라 무서운 무기가 될 수도 있었기에 수한은 그동안 외부에 알리지는 않고 비밀 창고에 쌓아 두고만 있었다.

아마도 이번 외국의 특수부대들이 플라즈마 실드 발생장치를 탈취하려는 시도를 하지 않았다면 조금 더 숨겨 두었을 것이다.

하지만 외국의 특수부대, 그것도 대한민국에 위협이 되는 중국과 일본의 특수부대 중에서도 극비의 존재들이 침투를 하여 나라의 보탬이 되길 기원해 만든 플라즈마 실드 발생장치를 탈취를 한다는 정보를 들은 것이다.

그걸 그냥 둘 수가 없어 라이프 메디텍의 보안대를 파견을 보내면서 이들에게 이 파워슈트를 지급한 것이다.

수송 인원을 보호하는 것도 중요하지만, 자신이 데리고

있는 라이프 메디텍의 보안대원들도 자신에게는 보호해야 할 존재들이기 때문이다.

오늘 천하 컨소시엄의 수송대를 보호하기 위해 파견된 라이프 메디텍의 보안대는 사실 라이프 제약의 보안대였다가 사세가 확장되면서 라이프 제약에서 라이프 메디텍으로 상호를 바꾼 곳의 직원이며 또 이들은 수한이 도움을 주었던 탈북자 출신들로 구성되어 있다.

북한에 있을 때 북한의 특수부대원이었던 이들이 수한의 지원 아래 과거 현역에 있을 때보다 더 능력이 월등해진 것은 물론이고, 라이프 제약에서 생산하는 특수한 약으로 인해 신체능력은 인간의 한계점에 다다른 이들이었다.

정신적으로도 뛰어난 이들이 특수한 약으로 인해 신체능력까지 인간 한계점에 이르자 초인에 가까워졌다.

거기에 이제는 미국도 극비리에 실험만 하고 있는 파워슈트를 착용하고 이곳에 나타났으니 아무리 특수부대원 중에서 엘리트만 추려 만든 흑검이나 닌자대라 해도 상대가 되지 않는 것은 당연한 것이다.

자질 면에서는 탈북자 출신인 보안대원도 흑검이나 닌자대에 뒤지지 않았기 때문이다.

즉, 흑검이나 닌자대와 비슷한 상태에서 수한이 개발한

특수약품으로 신체가 강화되었으니 이런 결과는 당연한 일이다.

수하들에게 제압된 흑검과 닌자대를 데려오라고 지시를 내린 리철명은 몸을 돌려 마커스와 CIA 처리팀이 은신하고 있는 곳에 도착을 하였다.

그런데 CIA 처리팀에 가는 리철명의 동작은 그리 빠르지도 그렇다고 느리지도 않은 아주 자연스러운 걸음이었다.

'아니, 저자가 왜? 이쪽으로 걸어오는 것이지?'

언뜻 봐도 의문의 존재들이 입고 있는 것이 자신들도 연구하고 있는 파워슈트란 것을 알 수 있었다.

"대장! 그런데 저들이 입고 있는 것이 그것 아닙니까? 제가 보기에는 그것 같은데."

클락의 말에 마커스도 그런 생각을 하였다.

"모두 조용! 아무래도 저들이 입고 있는 복장이 파워슈트인 것 같다. 조금 전에도 봤듯 저들이 입고 있는 파워슈트는 우리가 가지고 있는 장비로는 뚫고 타격을 입힐 수 없을 것 같다. 그러니 최대한 기척을 숨겨 저들을 지나친 뒤 본부의 새로운 지시에 따라 작전에 들어갈지, 아니면 철수를 할지 결정을 한다."

마커스는 다른 CIA 처리팀원들에게 그렇게 지시를 내렸다.

흑검이나 닌자대처럼 마커스도 이번 작전은 기습을 하고 물건을 확보한 뒤, 빠르게 현장을 빠져나가는 것으로 작전을 구상하였다.

비록 생각보다 수송 차량을 호위하는 이들의 무력이 뛰어나기는 했지만 마커스와 처리팀원들은 그리 걱정하지 않았다.

물론 돌발 변수도 몇 가지 생각을 했다.

수송대가 지나가는 곳이 한국의 군부대가 도처에 포진한 군사 지역이기는 하지만, 그들이 출동하기까지 걸리는 시간이면 자신들은 이미 미군들이 훈련하는 지역에 도착해 있을 것이니 아무런 걱정이 없었다.

자신들의 작전을 돕기 위해 주한미군도 군사훈련을 실시하고 있었기에 준비는 완벽했다.

그런데 생각지도 못한 변수가 나타났다.

그건 바로 한국에 파워슈트를 착용한 부대가 나타난 것이다.

파워슈트는 아직 자신들도 실용화하지 못하고 아직도 몇십 년째 연구만 하고 있었는데, 한국에 그 실물이 나타났다.

물론 그들이 나타나자마자 본부에 보고를 하였다.

그 후속 대책은 세워질 것이지만 일단 자신들이 있는 곳으로 다가오는 적에게서 벗어나야 하기에 긴장을 하였다.

그런데 다가오는 의문의 적을 지켜보고 있는 마커스는 위장막 속에서 고개를 갸웃거렸다.

마커스가 의문을 느끼는 것은 다름이 아니라 다가오는 인물이 마치 위장막 속에 몸을 숨기고 있는 자신들을 보고 있는 것처럼 시선을 고정시키며 다가오고 있었기 때문이다.

'설마?'

마커스는 속으로 설마 다가오는 자가 특수 물질이 칠해져 있는 위장막을 뚫고 자신들을 보고 있다고 믿고 싶지 않았다.

하지만 그런 마커스와 CIA 처리팀의 기대를 저버리고 이들에게 다가오던 리철명은 소리를 쳤다.

"거기 있는 것 다 알고 있으니 무기를 버리고 나오시오."

CIA 처리팀이 숨어 있는 곳으로 다가온 리철명이 그들에게 무기를 버리고 투항하라는 말을 하였는데, 희한하게도 그가 하는 말은 마치 기계의 사이버틱한 소리였다.

이는 정체를 숨기기 위해 그가 쓰고 있는 헬멧의 스피커를 통해 목소리가 변조되어 나가기 때문이었다.

복장도 그렇고 또 목소리도 기괴했기에 리철명의 말을 들은 CIA 처리팀은 순간 뒷목이 서늘해지며 소름이 끼쳤다.

사람 죽이는 것을 업으로 삶고 있는 이들이 소름을 느낀다는 것이 조금은 비현실적이지만, 그들도 사람이기에 이 순간 알 수 없는 미지의 존재에 두려움을 느끼는 것은 어쩌면 당연한 것일지도 몰랐다.

아무튼 리철명의 경고에 위장막 속에 숨어 있는 CIA 처리팀원들은 속으로 갈등을 하기 시작했다.

'이거 우리가 숨어 있는 것을 알고 있는 것 같은데, 나가야 되나? 아니면 반격을 해야 하나?'

마커스와 CIA 처리팀원들은 이렇게 리철명의 말을 듣고 갈등을 하기 시작했다.

한편 조장인 리철명의 명령으로 기절한 흑검과 닌자대를 묶어 수송대 차량이 있는 곳에 내려놓은 보안대원들은 조

용히 조장이 돌아오길 기다렸다.

그런 보안대를 보는 정수용이나 박한이는 고개를 갸웃거릴 수밖에 없었다.

정체를 알 수 없는 이들이 자신들 앞에 조금 전 자신들을 습격한 이들을 제압해 내려놓으니 의문을 느끼지 않을 수가 없는 것이다.

"당신들은 누굽니까?"

너무도 정체가 궁금한 나머지 박한이가 나서서 물었다.

어찌 되었든 국정원 직원으로서 의문의 존재들이 한국 땅에 있다는 것을 그냥 두고 볼 수는 없는 일이기에 정체를 물은 것이다.

그런 박한이의 질문에 리철명에 이어 부조장을 맡고 있는 박철원이 대답을 하였다.

"저희는 라이프 메디텍의 보안대원입니다. 정수한 박사님이 플라즈마 실드 발생장치를 수송하는 인원들을 보호하라고 하여 나왔습니다."

박철원의 말에 질문을 했던 박한이는 물론이고 그 옆에서 듣고 있던 박철원이나 천하 가드에서 나온 직원들도 모두 깜짝 놀랐다.

방금 전 박철원이 말한 라이프 메디텍이란 곳에 대해선

잘 모르고 있지만 정수한 박사에 대하여 잘 알고 있었기 때문이다.

정수한 박사는 천하그룹 정대한 회장의 셋째 아들의 장남으로, 아기 때 누군가에게 납치가 되었다가 18년 만에 집으로 돌아왔을 뿐 아니라 자신들이 지키고 있던 플라즈마 실드 발생장치를 고안해 낸 천재 과학자였다.

그런데 그런 과학자가 어떻게 이들을 알고 자신들을 보호하기 위해 보낸 것인지 의문이 들었다.

"정 박사님께서 어떻게 그런 사실을 알고 당신들을 보냈다는 것입니까? 그리고 라이프 메디텍이란 곳이 어떤 곳인지는 모르겠지만……."

박한이는 말을 하면서도 박철원이나 라이프 메디텍의 보안대라는 이들의 복장을 살피기를 주저하지 않았다.

그도 조금 전 눈으로 보지 않았던가. 총에 맞았는데 피를 흘리는 것이 아니라 총알이 튕겨 나가는 것을 말이다.

저들이 입고 있는 복장이 얼마나 단단한 것이면 총탄까지 튕겨 나가는 것인지 놀랍기 이루 말할 수가 없었다.

그런데 이런 생각을 하는 것은 박한이뿐만 아니라 그의 곁에 있던 정수용도 마찬가지였다.

'저것만 있다면…….'

너무도 뛰어난 장비를 눈으로 확인한 정수용의 눈에 욕심이 어렸다.

라이프 메디텍의 보안대원들이 입고 있는 장비를 SA대원들이 착용한다면……. 정수용으로서는 정말로 탐이 나는 물건이었다.

그동안 SA부대를 구축하기 위해서 얼마나 많은 노력을 하였던가. 하지만 훈련을 하면서도 뭔가 미진한 느낌을 버리지 못했는데, 오늘에야 자신들에게 부족한 것이 무엇인지 깨달을 수 있었다.

SA대원들은 개개인이 모두 뛰어난 군인이며 또 무술의 고수들이다.

한반도에 전래되는 전통무술들을 고루 수련한 SA대원들의 실력은 세계 어느 특수부대의 대원들을 웃돌았다.

이들과 비교 대상이 되는 존재들은 소문으로만 떠돌고 있는 존재들로 미국이나 러시아, 중국 등 세계 각국의 초엘리트 특수부대들이었다.

일반 시중에 알려진 특수부대가 아닌 극소수로 이루어진, 존재 여부조차 명확하게 알려지지 않고 그저 소문으로만 떠도는 존재들 말이다.

미국의 프레데터나 T—렉스가 있었는데, 프레데터는 미

국 CIA가 극비리에 진행하던 군사 실험인 다크 타워의 결과물로 탄생한 존재들로 구성된 부대다.

CIA는 2차 세계대전과 월남전에서 많은 군인들이 죽었던 것을 상기하면, 당시 뛰어난 군인들이 죽은 것은 미국에 커다란 손실이었다. 그래서 그들을 되살려 군인으로 재활용하는 방안을 연구하기에 이르렀다.

프로젝트 다크 타워는 죽은 사람을 냉동 보관했다가 인공장기들이 생산되면 파괴된 장기를 인공장기로 교체를 한 뒤 멈춰 있는 심장에 전기 자극을 주어 되살린다는 계획이었다.

그렇지만 다크 타워 프로젝트는 결과적으로 실패로 돌아갔다.

장기를 교체하고 전기 자극으로 살아난 듯 보였던 실험체들이 모두 발작을 일으키며 곧 심장이 다시 멈춰 버렸기 때문이다.

그래서 다크 타워 프로젝트는 30년 전 공식적으로 폐기되었다.

그리고 T—렉스라는 것은 CIA가 추진한 또 다른 실험이었는데, 이전 다크 타워 프로젝트의 실패로 중단되었던 실험을 새롭게 구상하여 추진한 프로젝트인 화이트 타워 프로젝트의 결과물이었다.

다크 타워 프로젝트가 죽은 군인들을 되살리려는 계획이
었다면, 화이트 타워 프로젝트는 죽은 사람이 아닌 살아 있
는 대상을 한다는 것이 달랐다.

미국은 월남전이 끝난 뒤에도 세계의 경찰을 자처하며
세계 곳곳을 돌아다니면서 분쟁에 관여를 하였다.

세계의 화약고인 중동은 물론이고 민족 갈등이 심한 북
유럽 그리고 아프리카 등지에 자국의 군대를 파견하였다.

그러다 보니 많은 군인들이 교전 중 총격을 맞거나 폭발
물에 의한 테러로 신체에 손상을 입었다.

이런 군인들을 대상으로 첨단 과학으로 생산된 인공장기
와 신체를 결합하는 프로젝트였다.

화이트 타워 프로젝트는 다크 타워와 다르게 마지막에
소생시키는 과정 없이 첨단과학으로 인간의 신체를 개조하
는 것만으로 슈퍼군인을 양성한다는 것이다. 다크 타워 프
로젝트에 비해 실현가능성이 월등한 프로젝트였다.

하지만 미국은 이번에도 프로젝트의 실패를 공식 발표하
였다.

그 뒤로 어떠한 일이 있더라도 인간을 대상으로 더 이상
실험을 하지 않겠다는 발표를 하였는데, 일반인들은 모르

겠지만 세계 각국 정상들이나 위정자들은 그 말을 믿지 않았다.

더불어 화이트 타워 프로젝트가 그랬듯 어쩌면 실패라고 했던 다크 타워 프로젝트 역시 성공했을지 모른다는 생각을 하기에 이르렀다.

그리고 프로젝트에 관여했던 일부 과학자들이 CIA의 발표는 거짓이라는 성명을 내기도 했었기에 미국에 두 프로젝트로 인한 결과물이 비밀리에 운용되고 있을 것이라 짐작을 하였다.

이에 자극을 받은 러시아와 영국 그리고 독일도 미국과 유사한 실험들을 하였지만 그 결과는 세상에 알려지지 않았다.

하지만 그럼에도 각국 정보부에서는 이들 강대국들이 미국에 이어 일반적인 군인을 뛰어넘는 슈퍼군인을 만들어 냈을 것이란 생각을 하였다.

실제로 각국에서 가끔 루머처럼 나오는 비상식적인 사고가 있었는데, 러시아 시베리아에서 맨몸으로 호랑이와 싸워 호랑이를 찢어 죽이는 모습을 보았다는 이야기나, 영국 글레시고에서 벌어진 끔찍한 흡혈 사건 등을 들여다보면 미국에서 이전 두 프로젝트가 한창일 때 벌어졌던 사고와 비슷했다.

아무튼 강대국들이 이런 특수부대 속의 특수부대를 양성하고 가까운 중국과 일본 역시 이런 추세에 맞춰 특수부대를 만든다는 정보를 취득해 만든 것이 바로 대통령 직속 특수부대인 SA인 것이다.

그 수장으로 있는 정수용으로서는 소문으로만 들리던 파워슈트로 짐작되는 물건을 입고 있는 박철원을 보며 그것을 욕심내는 것이다.

세계 초강대국 미국이 어떤 실험을 통해 특수부대를 만들었든 눈앞에 있는 물건만 있다면 충분히 겨뤄 볼 만하다 생각한 정수용이다.

'SA를 완성하기 위해서는 어떻게든 저 물건을 확보해야만 한다.'

"제 말을 듣지 않겠다면 저들처럼 강제로 제압하겠습니다."

리철명은 숨어 있는 마커스와 CIA 처리팀을 보며 그렇게 말을 하였다.

그런 리철명의 최후 통첩에 마커스는 마른침을 삼켰다.

한편 자신의 최후 통첩에도 아무런 반응을 보이지 않는 대상을 보며 리철명은 손을 까딱였다.

그러자 조금 전 사라졌던 소음이 다시 한 번 현장에 울려 퍼졌다.

파직! 파직!

전기가 대기에 타 들어가는 듯한 소음이 들리고 전기 구슬이 떨어진 자리에는 검게 탄 무언가를 뒤집어쓴 이들이 나타났다.

아무것도 없던 바닥에 여섯 개의 검은 덩이가 나타나고 그 안에서 무장을 한 사람들이 보였다.

CIA 처리팀까지 아무런 피해 없이 제압을 한 리철명은 그들도 포박을 하여 흑검과 닌자대가 쓰러져 있는 곳 한쪽에 포개 놓았다.

플라즈마 실드 발생장치를 노리던 삼국의 특수부대원들을 제압한 리철명은 플라즈마 실드 발생장치를 수송하던 박한이에게 다가가 말을 하였다.

"이쪽은 중국 MMS가 파견한 흑검이고, 또 이쪽은 일본 NNSA의 닌자대입니다. 그리고 마지막으로 이 사람들은 CIA에서 보낸 이들입니다."

리철명은 박한이가 국정원 요원임을 사전에 알고 있었기에 그에게 자신들이 제압한 이들의 정체를 알려 주며 그들의 신병을 넘겼다.

자신의 할 일은 여기까지였기에 수한에게서 받은 지시 그대로 완료한 뒤 복귀를 하려는 것이다.

그런 리철명의 말에 박한이는 얼른 리철명의 앞을 막았다.

눈치를 보니 이들을 자신에게 넘기고 이들은 빠지려는 것을 알아챈 것이다.

"이대로 가시면 어떻게 합니까? 자세한 내용을 상부에 보고를 해야 하는데……."

말을 하는 박한이의 태도를 보니 리철명과 보안대원들을 그냥 돌려보내지 않으려는 것을 느꼈다.

더욱이 그의 눈에 자신들이 입고 있는 장비에 대한 탐욕을 느낀 리철명은 단호하게 대답을 하였다.

"우린 국가 소속이 아니라 기업에 속한 사람입니다. 지금까지 모두 지켜보았을 것이니 그대로 보고를 하십시오. 그럼."

리철명은 그렇게 말을 하고 돌아섰다.

사실 리철명이 이렇게 단호하게 대답하고 돌아서는 것은

나중에 귀찮아지는 것을 방지하기 위해서였다.

괜히 박한이를 따라 국정원에 가면 자신들의 출신을 들킬 수 있었다.

아무리 좋아졌다고 하지만 북한을 탈출한 자신들을 보는 국정원의 시선은 언제나 똑같았다.

입으로는 북한을 탈출해 한국의 품으로 온 것을 환영한다고 하면서도 눈으로는 '너희 간첩 아니야? 하는 눈빛을 보냈다.

그런 이들에게 자신들이 지금 착용한 장비까지 알려지게 된다면 어떤 사단이 벌어질지 보지 않아도 빤했다.

어려운 자신들에게 삶의 희망을 준 수한에게 곤란한 일을 만들지 않기 위해 단호하게 돌아선 것이다.

치직!

—어떻게 되었나?

떠나가는 라이프 메티텍의 보안대라는 사람들을 붙잡으려던 때 박한이를 부르는 소리가 있었다.

치직!

"충성! 상황 해제되었습니다."

박한이는 본부에서 무전이 날아오자 리철명을 붙잡으려다가 하는 수 없이 상부에 현장의 상황을 설명하였다.

그런데 부족한 전력으로 외국 특수부대의 기습을 받았는데 상황이 정리되었다는 박한이의 말에 무전을 날렸던 당사자가 깜짝 놀라 물었다.

—어떻게 된 것인가? 주변 군부대에서 지원을 한 것인가?

"아닙니다. 도움을 준 부대가 있기는 하지만 인근 군부대는 아닙니다."

—그게 무슨 말인가? 자세히 말해 봐!

국정원 상황실에서 현장의 일이 궁금한지 자신에게 자세하게 설명을 하라는 소리에 박한이는 자신의 옆자리에 있는 정수용 대령을 잠시 돌아보았다.

대통령 직속부대에 대한 이야기를 해야 할지 물어보는 것이었다.

그렇지만 대통령 직속부대인 SA는 극비 중의 극비였다.

그렇기 때문에 아무리 국정원이라고 하지만 여러 사람이 듣고 있는 상황에서 부대의 존재를 알릴 수는 없었다.

정수용 대령의 고개를 흔드는 모습에 박한이는 고개를 끄덕이고 무전을 하였다.

"지원을 한 부대는 따로 서면으로 제출을 하겠습니다. 다만 현장은 상황 종료되었고 수송 차량을 습격했던 자들을 모두 잡아 두었습니다."

박한이는 현장의 상황을 서면 보고하겠다는 말로 무전을 마무리 하였다.

다만 자신들을 습격했던 자들을 모두 붙잡은 것에 대하여 강조를 하였다.

그런 박한이의 보고에 무전기 너머로 웅성거리는 소리가 잠깐 들렸다.

아무래도 자신의 보고에 상황실에서도 뭔가 말을 하려다 놀라 말을 하지 못하는 것 같았다.

그리고 자신의 말 때문에 상황실에 큰 혼란이 야기된 것 같았지만, 어찌 되었든 자신과 플라즈마 실드 발생장치는 무사했다.

"일단 물건을 안전하게 천하 컨소시엄에 인수인계를 한 뒤 회사로 복귀를 하겠습니다."

―그렇게 하도록! 그리고 위성에 잠시 문제가 있어 현장을 확인하지 못했으니 박 대리가 현장의 내용을 자세히 보고해 주기 바라네!

"알겠습니다. 그럼 일을 마치고 들어가겠습니다. 이상!"

통신을 마친 박한이는 이제 상황이 해제된 상태이기에 SA부대라 밝힌 이들을 돌아보았다.

"상황이 해제되었는데 어떻게 하시겠습니까?"

정수용은 자신을 보며 어떻게 할 것인지 물어 오는 박한이의 질문에 잠시 고민을 하다 뭔가 생각이 난 것인지 동행하겠다는 말을 하였다.

"목적지까지 동행하겠습니다."

"알겠습니다."

정수용은 박한이와 대화를 끝내고 한쪽에서 제압되어 있는 자들을 지키고 있는 부하들에게 다가갔다.

"우린 수송 차량이 천하 컨소시엄 연구소까지 가는 것을 경호한다. 모두 차량에 탑승하도록!"

부하들에게 자신들이 타고 온 차에 탑승하라는 지시를 내린 정수용은 곧 차가 도착을 하자 탑승을 하였다.

SA부대원들이 차에 탑승하는 것을 확인한 박한이는 멈춰 있던 수송 차량에 출발 신호를 하였다.

박한이의 지시에 운전을 하는 천하 가드 특별경호원들은 조금 전 총격전으로 인해 차량 여기저기에 총격전의 흔적이 보이기는 했지만, 그래도 수송하는 인원들이 모두 무사한 것에 다행이란 생각을 하며 운전을 하였다.

"아무도 다치지 않아 다행입니다."

정철원 부장은 자신이 운전하는 차에 탑승한 박한이는

보며 그렇게 말을 걸었다.

자신에게 말을 걸어 오는 정철원을 보던 박한이는 문득 생각난 것이 있는 듯 눈이 동그래졌다.

그러고 보니 자신이 탄 수송 차량을 습격한 이들의 정체를 알고 있는 박한이는 자신도 모르게 소름이 끼쳤다.

'그러고 보니 습격한 이들이 중국과 일본 그리고 미국의 특수부대원들인데 어떻게 한 명도 부상을 당한 이가 없는 것이지?'

정철원 부장의 이야기를 듣기 전까진 그도 인식하지 못했다.

그저 국가 전력에 중요한 물건인 플라즈마 실드 발생장치를 어떻게든 사수해야 한다고만 생각했었는데, 모든 상황이 끝난 뒤 자신들 중 어느 누구도 부상을 당한 사람이 없다는 이야기를 듣고서야 그런 생각이 든 것이다.

6.
대통령의 부탁

달그락! 달그락!

윤재인 대통령은 의자 손잡이의 딱딱한 부분에 손가락을 다닥 거리며 뭔가 심각하게 고민을 하고 있었다.

그런 대통령의 곁에 서 있는 김세진 국정원장은 긴장된 모습으로 자리하고 있었다.

그런데 긴장을 하고 있는 국정원장 말고도 표정을 굳히고 있는 사람이 한 명 더 있었다.

그는 바로 주한 미국대사인 제럴드 박이었다.

제럴드 박은 대사관에서 업무를 보던 중 윤재인 대통령의 면담 요청에 별다른 생각 없이 청와대를 찾았다.

혹시나 윤 대통령이 그동안 자신이 제안했던 플라즈마 실드 발생장치에 대한 기술 이전에 확답을 주기 위해 그러는 것은 아닌가, 속으로 은근히 기대를 하고 청와대에 왔는데, 접견실에 들어선 순간 접견실의 분위기가 자신이 생각한 것과 정반대인 것에 긴장을 하였다.

대통령 접견실에 다른 관료도 아니고 정보를 다루는 국정원장이 접견실 안에 있는 고개를 갸웃거렸는데, 아니나 다를까, 표정을 굳히며 서류를 읽다 말고 자신에게 읽던 서류를 넘기는 윤재인 대통령을 보았다.

그리고 그가 넘긴 서류의 내용을 읽던 제럴드 박은 급 당황하였다.

'이게 무슨 소리야!'

서류의 내용은 미국에 절대로 불리한 내용이 적혀 있었다.

"대통령님! 뭔가 착오가 있는 것이 분명합니다. 저희 미국에서 어떻게 동맹인……."

서류를 읽다 내용이 잘못되었다 변명을 하려는 제럴드 박의 말은 중간에 멈췄다.

"그럼 국정원의 보고가 틀렸다는 것입니까?"

"아니, 틀렸다고 하는 것이 아니라 그것이……."

제럴드 박은 중간에 자신의 말을 끊고 들어오는 김세진 국정원장의 말에 식은땀이 나기 시작했다.

다른 때 같았으면 감히 세계 초강대국 미국을 대표하는 자신의 앞에 큰소리를 친다고 호통을 쳤을 그이지만, 지금은 말문이 막혀 한 마디도 하지 못했다.

그도 CIA에서 비밀작전을 할 것이란 보고를 받았다.

한국 내에서 벌어지는 일이기에 자세한 내막까지는 알 수는 없지만 대략적인 사항은 알고 있었다.

그런데 설마 CIA에서 하는 작전이 한국 정부에, 아니, 국정원에 알려진 것뿐 아니라 작전을 하던 인원이 국정원에 붙잡혔을 줄은 꿈에도 몰랐다.

그렇기에 평소 큰소리를 치던 그도 배짱을 내밀 수가 없었다.

'개새끼들! 실패를 했으면 자살이라도 해야지.'

제럴드 박은 속으로 그렇게 붙잡힌 CIA요원들을 욕했다.

CIA요원과 같이 정보를 다루는 현장 요원들은 다른 나라에서 정보를 수집을 하다 붙잡혔을 경우 자살하도록 매뉴얼 되어 있었다.

더군다나 이번에 작전에 들어간 요원은 CIA 내에서도

매뉴얼 대로 행하지 않고 이적 행위를 한 요원들을 처리하는 처리팀 요원들.

그런데 그들이 정작 매뉴얼 대로 행하지 않고 한국에 붙잡힌 것이다.

이 때문에 대사인 자신이 청와대에 불려 와 곤욕을 치르게 되었다.

더군다나 미국이 플라즈마 실드 발생장치라는 한국의 전략물자로 분류된 물건을 탈취하기 위해 무장을 한 특수요원들을 파견했다가 현장에서 붙잡혔다는 것이 중요했다.

이번 일을 어떻게 마무리 하느냐에 따라 한국과 미국의 관계가 이전처럼 원만한 동맹의 관계가 지속될지, 아니면 첨예한 대립으로 끝날지 중요한 기로에 처했다.

더욱이 이번 일로 자신의 정치 생명이 끝장날 수도 있는 일이기에 제럴드 박은 골치가 지끈 거렸다.

막말로 CIA이 이번 작전 실패 때문에 자신의 입지가 줄어들게 되었다.

그런데 여기서 한미관계까지 틀어지게 된다면 자신이 그동안 노력했던 모든 것이 물거품이 될 것이었다.

성공을 위해 조국도 버리고 미국으로 이민을 갔다.

사실 제럴드 박, 아니, 박상현은 굳이 미국으로 이민을 가지 않아도 한국에서도 충분히 성공을 할 수 있었다.

경기도의 부유한 유지의 집안에서 태어난 그는 집안의 기대를 한 몸에 받으며 유년 시절을 보냈다.

그의 성공을 위해 그의 부모는 강남의 고액 과외선생을 섭외해 과외를 시켰고, 또 좋은 것이라면 가격을 따지지 않고 섭식 시켰다.

그렇게 장성한 그는 서울대 정치외교학과에 수석으로 입학을 하였다.

하지만 그는 졸업과 동시에 미국 이민을 선택하였다.

집안 장손인 그가 미국 이민을 결심하자 그의 집안에서는 난리가 났다.

집안을 빛낼 인물이 태어났다고 애지중지 했던 장손이 미국으로 이민을 간다고 하니 집안 어른들로서는 당연한 반응이었다.

그렇지만 그의 부모는 그의 선택을 원망하지 않았다.

이민을 가서 이름을 박상현이 아닌 제럴드 박으로 개명을 했어도 아무런 타박을 하지 않았다.

그때까지도 제럴드 박은 자신의 부모가 어떤 마음으로 자신의 그런 선택에 대하여 지지를 했는지 깨닫지 못했다.

물론 야망을 위해 선택한 이민이기에 제럴드 박은 주변의 어떤 반응에도 호응하지 않고 이민을 강행했지만 말이다.

어찌 되었든 한국을 등지고 미국에 이민을 한 박상현은 한국인 박상현이 아닌, 미국인 제럴드 박이 되기 위해 피나는 노력을 하였다.

그가 미국에 이민을 가 가장 먼저 한 일은 한국인들이 많이 살고 있는 곳에 정착을 하여 자신의 정치 기반을 다지는 일이었다.

부모에게 받은 것이 많았기에 그것을 밑천으로 이름을 알리고 미국 공화당에 입당을 하였다.

그렇게 시작한 그의 정치 인생은 급기야 미국을 대표하는 대사가 되었다.

그렇지만 제럴드 박은 언제나 불안해하였다.

그가 백인이 아닌 아시아인이라는 원천적 약점 때문이었다.

지금이야 미 의회에 백인이 아닌 의원들이 다수 있지만 그래도 아시아 출신의 의원은 보기 드물었다.

황인 중에서도 그가 유일하게 아시아 출신이고 다른 황인종 의원들은 이민 2세 또는 3세들이었다.

그러다 보니 제럴드 박은 언제나 신중하게 처신을 하였다.

그의 지지 기반이란 것이 솔직히 사상누각이기 때문이기도 했다.

제럴드 박은 자신을 지지하는 한인들에게 그들의 대표가 아닌 마치 한국 정치인들처럼 행동을 했었다.

말로는 대표이고 일꾼이라 말을 하였지만 권위적인 한국 정치인들처럼 행동을 했었다.

그랬기에 지금에 이르러서는 옛날처럼 한인들이 그를 따르지 않았다.

만약 정계에서 밀려나게 된다면 더 이상 그에게 기회가 없을 것이 분명했다.

그리고 그건 제럴드 박 또한 잘 알고 있었다.

그래서 더 CIA 한국지부장인 도널드와 돈독한 관계를 맺으려고 했던 것이기도 했다.

그런데 정작 가까이 하려던 CIA 때문에 자신의 정치 생명이 위험해졌다.

"뭐라 할 말이 없습니다. 저도 모르고 있던 문제입니다. 믿어 주십시오. 프레지던트!"

제럴드 박은 어쩔 수 없이 자신은 전혀 모르는 일이란 변명으로 일관했다.

여기서 자칫 잘못 말을 했다가는 정말로 끝도 없는 수렁 속으로 떨어질지 모르는 일이기 때문이다.

◈　　　◈　　　◈

"수고하셨습니다. 남은 일은 2조에 맡기시고 리 실장님
은 이만 퇴근하십시오."

―수송대를 습격한 이들을 모두 제압해 파견 나와 있던
국정원 직원에게 인수인계를 하였습니다.

"잘하셨습니다. 그럼 별다른 특이사항은 없는 것입니
까?"

수한은 무전으로 보고를 하는 리철명에게 적을 제압하는
과정에서 자신이 알아야 할 특이사항이 있는지 물었다.

그런 수한의 질문에 리철명은 현장에서 보였던 박한이와
정수용에 관해 설명을 하였다.

―사건에 대한 특이사항은 없습니다. 다만 조금 전 인수
인계를 하는 중에 국정원 직원과 그 옆에 있던 군인의 반응
이 좀 이상했습니다.

리철명은 조금 전에 있었던 박한이와 정수용의 행동에
관해 자세히 설명을 하였다.

물론 보고를 하면서 절대로 자신의 임의로 판단해 생각

을 보태거나 줄이지 않고 있는 그대로만 보고를 하였다.

그래야 자신의 오너인 수한이 정확한 판단을 내릴 수 있기 때문이다.

그리고 이러한 보고는 수한이 처음 그에게 주지시킨 내용이다.

어떠한 보고를 할 때 절대로 주관적으로 판단을 하지 말고 사실 그대로만 전달을 하라는 지시를 했었다.

그래서 지금도 그렇게 보고를 하는 것이다.

만약 임의로 판단을 하고 가감을 한 상태에서 보고를 받게 된다면 보고를 받는 사람은 현장의 일을 모르기에 선입견을 가지고 사건을 판단하게 된다.

그렇게 된다면 자칫 엉뚱한 판단을 하게 되어 나중에 곤란을 당할 수도 있는 문제다.

지금도 임의로 판단을 하고 보고를 받았다면 현장에 없던 수한이 실수를 할 수도 있는 일이었기에 정확한 리철명의 보고는 아주 중요했다.

'분명 대통령 직속부대라고 했으니 아마도 남들에게 알려지지 않은 특수부대가 한국에도 있었나 보군! 그런데 정수용이라……. 어디서 들어 본 이름인데?'

수한은 리철명의 보고 중 정수용이란 이름을 어디서 들

어봤다는 생각이 들었다.

왠지 자신과 연관이 있는 이름 같았다.

SA부대장인 정수용은 대통령에게 면담을 신청하였다.

"충성!"

"그래, 정수용 대령이 무슨 일로 절 보자고 한 것입니까?"

윤재인 대통령은 평소에 자신이 면담을 좀 하자고 해도 부대원들의 훈련을 해야 한다는 핑계로 만나 주지도 않던 그가 직접 면담을 요청한 것이 신기해 물었다.

국민의 대표이고 군 통수권자인 윤재인 대통령이지만 자신의 직속 수하이지만 정수용 대령을 중용했기에 대우를 해 주고 있었다.

"각하! 드디어 저희 SA에 부족한 퍼즐을 발견하였습니다."

정수용 대령의 느닷없는 말에 윤재인 대통령은 고개를 갸웃거렸다.

지금 자신의 앞에 있는 정수용이 무슨 소리를 하는지 금방 알아들을 수가 없었기 때문에 윤재인 대통령은 그저 눈만 깜빡이며 그를 쳐다보았다.

그런 대통령의 반응에 정수용은 낮에 있었던 일을 다시 한 번 말을 하였다.

"각하, 금일 오전 11시에 벌어졌던 일이 있지 않습니까?"

정수용의 말에 윤재인 대통령은 눈이 반짝였다.

그렇지 않아도 오전에 벌어졌던 사건으로 인해 그는 미국 대사는 물론이고 중국과 일본의 대사까지 불러 강력히 항의를 하였다.

그렇지만 역시나 그들의 반응은 언제나 같았다.

대한민국의 국력이 약한 것 때문에 자신이 아무리 강력하게 항의를 해도 그들은 모른다는 답변을 하고 오히려 적반하장으로 자신들을 무시한다는 억지를 부렸다.

하지만 이번만은 달랐다. 윤재인 대통령도 이대로 사건을 덮을 생각이 없었다.

다른 것도 아니고 국가 전략물자를 탈취하기 위해 국내에 특수부대를 파견하여 테러를 자행한 일이기에, 이번 사건도 그대로 흘러가게 둔다면 나중에 어떤 사단이 벌어질지 모를 일이기 때문이다.

막말로 특수부대를 청와대에 침투시킬지도 모를 일이었기에 조금 더 조사를 하여 이번만은 어떤 변명도 하지 못하게 만들 생각이다.

물론 국제 관계란 것이 증거가 있다고 해도 국력이 약하면 어디 하소연을 하지 못하고 당한다. 그렇다고 대한민국의 국력이 결코 이런 일을 당하고도 아무 소리도 못할 정도는 아니었다.

특히나 이번 일을 일으킨 삼국 중 미국과 일본은 대한민국과 동맹 관계에 있는 나라였다.

중국은 언제나처럼 오리발을 내밀 것이지만 그건 그것대로 대응을 하면 되는 문제다.

다만 동맹인 미국과 일본이 문제였다. 특히나 초강대국 미국을 어떻게 상대를 하느냐에 따라 대한민국에 미치는 영향이 달라진다.

현재도 플라즈마 실드 발생장치 하나 때문에 보이지 않게 대립을 하고 있었다.

겉으로는 동맹이니 혈맹이니 하며 떠들고 있지만, 이렇게 동맹국에 비밀특수부대를 파견해 동맹의 군사 비밀을 탈취하려고 하지 않는가.

윤재인 대통령이 이렇게 중국, 미국, 일본을 어떻게 상대할 것인지 생각을 하고 있을 때 정수용 대령은 계속해서 이야기를 들려주었다.

"당시 저와 SA대원들은 방어를 하고 있는 천하 컨소시엄의 수송대와 경호인력과 함께 공격을 하는 흑검과 닌자대를 막는 것에도 벅찬 상태였습니다."

정수용이 흑검과 닌자대를 막는 것도 벅찼다는 말을 하자 윤재인은 놀라 눈을 크게 떴다.

"그들이 그렇게 위협적인 존재들이었습니까?"

"예, 개개인은 저희 대원들에 조금 처지기는 하였지만 저희보다 인원수가 배 이상으로 많은 상태였습니다. 시간이 조금만 더, 아니, 새롭게 나타나 저희를 도와준 이들이 없었다면 아마 제가 각하를 다시 볼 수도 없었을 것입니다."

정수용은 당시 자신이 어떻게 되었을 것이란 것을 다시 한 번 생각하니 뒷목이 서늘해졌다.

"그런데 그들은 마치 원래 그 자리에 있었던 것처럼 나타났습니다."

"그게 가능한 것입니까?"

윤재인 대통령은 정수용의 말을 듣고 그게 가능한 것인지 물었다.

그런 대통령의 질문에 정수용은 대답을 하였다.

"몇 년 전 미국에서 메타물질이란 것이 발견이 되었습니다."

"메타물질? 그게 뭡니까?"

윤재인은 정수용이 생소한 용어를 말하자 고개를 갸웃거리며 그것에 대해 물었다.

그런 대통령의 질문에 정수용이 대답을 하였다.

"메타물질은 자연적인 물질들이 할 수 없는 방식으로 빛과 음파를 상호 작용하도록 설계한 것으로, 그것으로 망토를 만든다면 투명망토를 만들 수 있다는 물질입니다. 그리고 미군은 몇 년 전부터 천문학적인 자금을 들여 실용화 하였습니다."

"뭐요? 그게 정말입니까?"

투명망토란 말에 놀랐지만 미국이 그것을 실용화 했다는 말에 경악을 금치 못했다.

"예, 그 실물을 오늘 보았습니다."

정수용은 금일 있었던 일을 상기하며 침중하게 대답을 하였다.

그런 정수용의 모습에 윤재인도 표정이 굳어졌다.

"그래, 정 대령이 하고 싶은 말이 무엇이오?"

윤재인 대통령은 모든 이야기를 들은 정수용이 정작 SA 부대를 완성시킬 조각을 발견했다는 말에 혹시 방금 말한 미군의 투명망토가 아닌가, 짐작을 하며 물었다.

그러나 정수용의 말을 들은 윤재인은 조금 전보다 더욱 경악을 금치 못했다.

"각하! 조금 전에도 말씀드렸듯이 당시 저희는 고립이 되어 진퇴양난의 상황이었습니다. 그런데 라이프 메디텍의 보안대라는 사람들이 나타나 모든 적을 제압하였습니다."

여기까지 들은 윤재인 대통령은 뭔가 이상한 느낌을 받았다.

조금 전 메타물질이란 투명망토 어쩌고 하던 것도 그렇고, 그 보안대가 얼마나 대단한 곳인지는 모르겠지만, 눈앞에 있는 정수용은 그가 알고 있기로 대한민국 군 창건 이래 최강이라 불리는 존재였다.

그리고 그가 뽑은 SA대원 한 명, 한 명이 각 군에서 가장 뛰어난 이들을 뽑아 훈련을 시킨 존재들이다.

즉 SA부대야말로 대한민국 특수부대 중의 베스트인 것이다.

그런 이들도 전멸을 예상하던 상태에서 구원을 해 줄 수 있는 존재들이란 도대체 어떤 이들인지 윤재인으로서는 짐작도 되지 않았다.

그런 대통령의 모습에 정수용이 자신의 생각을 말했다.

"개인적으로 제 부하들이 그들보다 못하다고는 생각지 않습니다. 다만 그들이 보유한 장비와 저희가 가지고 있는 장비는 하늘과 땅만큼이나 차이가 나고 있습니다."

"아!"

대통령은 그제야 정수용이 하고자 하는 바가 어떤 것인지 깨달을 수 있었다.

"지금 그 말은 혹시 자네들에게도 그 라이프 메디텍의 보안대란 자들이 가지고 있는 장비를 구해 달라는 것인가?"

"그렇습니다. 그것만 있다면 저희 SA는 완벽해질 수 있습니다."

정수용은 말을 하면서도 낮에 보았던 라이프 메디텍의 보안대원들의 모습을 떠올리며 자신감 있는 모습으로 대답을 하였다.

그런 정수용의 모습에 윤재인 대통령도 눈을 반짝였다.

그런데 라이프 메디텍이란 단어가 무척이나 생소하게 들렸다.

'라이프 메디텍이라…… 그곳이 뭐하는 곳이지? 좀 알아봐야겠군!'

윤재인 대통령은 그렇게 속으로 되뇌였다.

대한민국 내에 자신도 모르는 그런 곳이 있다는 것이 놀라운 생각이 들었다.

정수용 SA부대장과 면담을 끝낸 윤재인 대통령은 곧 김세기 국정원장을 불렀다.

대통령이 국정원장을 부른 이유는 조금 전 정수용 SA부대장이 언급한 파워슈트란 물건과 라이프 메디텍의 보안대의 무력이 어느 정도인지 알아보기 위해서다.

대한민국 최정예 특수부대원 중에서도 에이스만을 엄선해 만든 부대가 SA부대다.

그런 SA부대를 뛰어넘는 존재가 대한민국 내에 존재하고 있었다는 것을 쉽게 넘길 수가 없었기 때문이다.

아니, 대통령으로서 그런 위험한 존재가 있다는 것을 지금까지 알지 못했다는 것이 두렵게 느껴져 자세히 알아보려는 것이다.

"참! 길 실장!"

"예, 각하!"

"혹시 라이프 메디텍이라고 들어 봤나?"

윤재인 대통령은 김세기 국정원장을 호출 하면서 자신의 곁으로 다가온 길성준 비서실장을 돌아보며 물었다.

그런 대통령의 질문에 길성준 비서실장은 곧바로 자신이 알고 있는 라이프 메디텍에 대하여 설명을 하였다.

요즘 한참 이슈가 되고 있는 기업 중 하나가 바로 라이프 메디텍이기 때문이다.

"라이프 메디텍이라면 요즘 한창 이슈가 되고 있는 기업입니다."

"그래요? 어떤 이슈지요?"

그의 대답에 눈을 동그랗게 뜨며 관심을 표했다.

그런 대통령의 모습에 길성준 비서실장은 차분하게 라이프 메디텍에 관해 설명을 하였다.

"우선 라이프 메디텍을 설명하려면 우선 '뉴 라이프'라는 약부터 설명을 드려야겠습니다."

"뉴 라이프? 그건 또 뭐하는 약입니까?"

라이프 메디텍이란 기업에 관한 설명을 하다 말고 약 이야기를 하자 고개를 갸웃거렸다.

그런 대통령의 모습에 잠시 생각을 정리한 길성준 실장이 다시 이야기를 이어 갔다.

"뉴 라이프라는 것은 4년 전 라이프 제약이란 곳에서 생산된 외상치료제입니다. 기존의 외상치료제가 이름과 다르게 상처가 난 곳의 2차 감염을 막기 위한 것이라면, 이 뉴 라이프라는 외상치료제는 말 그대로 상처를 치료하는 연고입니다. 일반적인 상처는 단시간에 급속 치료를 보여주는 획기적인 제품입니다. 그 치료 효과가 얼마나 빠른지 병원에서는 수술실에 비상상비약으로 준비해 둘 정도입니다."

길성준 비서실장은 자신이 설명을 하고도 뭔가 미진한 것이 있는지 표정을 찡그리다 다시 설명을 계속하였다.

"그 뉴 라이프로 인해 화상으로 인해 삶을 포기하던 환자들이 새 희망을 안고 새 삶을 살아간다고 합니다. 뿐만 아니라 라이프 제약에서 의료기기 전문업체인 효정 BIO가 자금난으로 부도가 났을 때 그곳을 인수하면서 이름을 라이프 메디텍으로 바꾸었습니다. 이후로 라이프 메디텍은 매년 신약과 신제품을 선보이며 기존에 나온 제품들과는 차별화된 효능으로 환자들과 그 가족들의 희망이 되고 있습니다."

"그래요?"

"예, 라이프 메디텍은 제약 분야는 물론이고 획기적인

의료기기 전반, 현재 국내 최고의 인공장기 및 의수나 의족 제조 업체로 유명합니다."

길성준 비서실장의 이야기를 들은 윤재인 대통령은 이야기를 듣던 중 인공장기와 의지 제조 분야의 최고라는 말에 눈이 반짝였다.

아까 정수용 대령과 면담을 할 당시 라이프 메디텍의 보안대가 착용하던 파워슈트에 관한 이야기를 들었을 때 미국도 이제 겨우 실용화 단계로 접어든 파워슈트란 것을 사용하고 있는지 의문이었다.

남자라면 파워슈트라는 단어는 한 번쯤 들어는 봤을 것이다.

굳이 SF영화나 애니메이션이나 코믹스 등을 좋아하지 않더라도 신문이나 뉴스에서 한 번쯤 들어는 보았을 것이다.

더욱이 분단국가로 아직 전쟁이 끝나지 않고 장기간 휴전을 한 상태인 대한민국의 대통령이라면 더욱 그렇다.

분단국가의 대통령으로서 자국의 군사력에 많은 신경을 쓰고 있는 윤재인 대통령이다.

분단국가라서 뿐 아니라 한반도를 둘러싼 국가들의 면면을 보아서라도 군사력에 관심을 가지지 않을 수가 없다.

북쪽으로는 같은 민족이지만 호시탐탐 적화통일을 꿈꾸는 북한이 있고, 동북으로는 러시아가 위치해 있다.

그리고 동쪽 동해를 거쳐 태평양을 두고 동맹이자 애증의 존재인 미국이 위치해 있으며, 남쪽으로는 가깝고도 먼 일본이 있다.

이 일본이란 나라는 겉으로는 미소를 짓고 있지만 호시탐탐 대한민국 영토인 독도를 노리며 대한민국을 자극하고 있었다.

대한민국 서쪽으로는 미국에 이어 세계 군사력 2위의 중국이 있다.

초강대국 미국은 해가 갈수록 국방예산이 줄어드는 반면, 중국은 타도 아메리카를 부르짖으며 경제성장률 이상으로 국방예산을 날로 증액시키고 있는 상태다.

그리고 조만간 예산이 미국과 비슷한 규모로 편성이 될 것이란 전망을 하고 있다.

이렇듯 대한민국을 둘러싸고 있는 국가들의 면면이 만만치 않은 상태라 윤재인 대통령을 비롯한 대한민국의 역대 대통령은 주변국의 군사력에 많은 신경을 쓰고 있었다.

"참! 그런데 그곳에 특이한 사항이 하나 있습니다."

"특이 사항?"

"예, 그곳의 대표이사와 실 소유주가 다르다는 것입니다."

"그게 뭐가 특이하다는 말입니까?"

윤재인 대통령은 길성준 비서실장의 말에 오히려 고개를 갸웃거렸다.

회사의 대표이사와 소유주가 다를 수도 있는 문제이지 않은가.

대한민국에서 그러는 것이 쉬운 결정은 아니지만 전문경영인을 두는 회사는 많았다.

그런 것을 감안한다면 굳이 특이하다고 말할 것도 없는 문제인데 무엇이 특이하다는 것인지 의문이 들었다.

"그게…… 실 소유주가 이번 육군의 신형전차의 개발자이자 신형전차 백호의 핵심 장치인 플라즈마 실드 발생장치를 고안해 낸 천재 연구원인 정수한 박사입니다. 그리고 정수한 박사는 바로 천하 그룹 정대한 회장의 손자입니다."

"뭐라고요?"

"그뿐 아니라 정수한 박사는 바로 캄보디아 대사로 나가 있는 정명수 대사의 장남이기도 합니다. 그 생후 6개월 만에 납치가 되어 실종되었다가 18년 만에 돌아온 그 말입니다."

"아!"

윤재인 대통령은 그제야 조금 전 길성준 비서실장이 특이사항이라 했던 말의 뜻을 알게 되었다.

"실종된 이후 안전을 위해 신분을 숨기고, 후원자들의 도움으로 미국에서 박사 학위를 취득하고 돌아왔다고 합니다. 또 떠도는 소문에 의하면 미국에 있을 때도 미국에서 어떻게든 정수한 박사를 붙잡으려고 하였지만 꼼수를 부려 한국으로 돌아왔다고 합니다."

길성준 비서실장은 수한에 관한 행적 중 잘 알려지지 않은 부분을 어떻게 알고 있는 것인지 윤재인 대통령에게 소상히 들려주고 있었다.

띠딕! 삐익! 띠이.

조용한 가운데 전자기기에서 전자음이 울리는 실내, 하얀 가운을 입은 연구원들이 무언가를 들여다보며 손에 들고 있는 테블릿을 조작하고 있었다.

그리고 그 안에는 이곳 연구소 수석 연구원인 수한도 있었다.

사실 이곳 천하 컨소시엄 파주 연구소의 최고 우두머리는 수한이었다.

다만 그의 나이가 너무 어려 따로 연구소 소장을 두기는 하였지만 그는 이곳 연구소의 행정적인 일만 담당할 뿐 연구 전반의 책임은 연구소장이 아닌 수석 연구원인 수한이 담당을 하였다.

이미 그룹이 사활을 걸고 추진하던 대한민국의 신형전차 개발을 성공적으로 설계했을 뿐만 아니라 신형전차의 핵심 장비인 플라즈마 실드 발생장치를 고안해 냈다.

이론상 가능하다고만 알려진 플라즈마 실드를 세계 최초로 실용화 시킨 사람이 바로 수한이었다.

비록 나이가 이제 겨우 20대 초중반이지만 연구소 연구원 그 누구도 수한을 무시하거나 폄하하지 않았다.

아니 못했다. 그만큼 수한이 이룩해 놓은 업적이 세계 누가 와도 흠잡을 수 없는 것이기 때문이다.

그리고 지금 이 안에 있는 어느 누구도 지금 하고 있는 실험을 함부로 하지 않고 있었는데, 그도 그럴 것이 현재 이곳에서 하고 있는 연구는 플라즈마 실드 발생장치에 버금가는 연구인 인공지능 컴퓨터를 연구 중이기 때문이다.

자신들이 개발한 신형전차의 업그레이드를 준비하기 위

한 것으로 수석연구원인 정수한이 입안해 연구하는 인공지능 컴퓨터 개발은 연구원 모두에게 영광인 그런 연구였다.

대한민국 연구원 중 어느 누가 이런 위대한 연구에 참여를 할 것인가. 외국에서도 관련학과 박사 학위 취득은 차지하고 인맥이 없으면 대학 교수라도 연구할 수 없는 것이 바로 인공지능이다.

그러니 수한이 나이가 어리다고 그를 함부로 할 연구원이 누가 있겠는가. 그가 아니면 연구 자체가 진행이 되지 않는 것을 말이다.

한참 테블릿을 들여다보며 본체의 상태를 점검하고 있는 수한을 부르는 소리가 있었다.

"정 박사님! 회장님께서 찾으십니다."

"알겠습니다."

수한은 한참 자신의 테블릿을 보며 점검을 하던 것을 마무리하고 자리에서 일어났다.

'큰아버지께서 무슨 일이시지?'

어제도 얼굴을 봤는데, 또 자신을 찾아온 정명환 회장이 무슨 이유로 자신을 찾아온 것인지 알 수가 없어 고개를 갸웃거렸다.

일신 컨소시엄으로부터 플라즈마 실드 발생장치의 인수인계는 어제로 마무리 되었다.

뿐만 아니라 당시 수송대를 습격했던 외국의 특수부대도 모두 일망타진하여 국정원 모처에서 신문을 하고 있다고 들었다.

그러고 보니 사건이 있은 뒤로부터 벌써 일주일이 지났다.

자리를 정리하고 사무실로 들어간 수한을 맞은 것은 그의 둘째 큰아버지인 정명환 회장이 아니라 그의 할아버지인 정대한 회장이었다.

"아니, 할아버지!"

"어서 오너라! 그동안 잘 있었느냐?"

사무실로 들어서던 손자가 자신을 보며 놀라는 표정을 본 정대한은 빙그레 미소를 지으며 그런 수한을 맞았다.

"왜? 이 할아비가 온 것이 싫으냐?"

정대한은 놀라는 수한을 보며 가볍게 농담을 던졌다.

다른 사람들이 그런 정대한 회장을 보았다면 가짜가 아니냐 물어보았을 정도로 평소와 다른 모습이었다.

그리고 정말로 정대한 회장을 수행해 온 비서는 농담을 던지는 정대한 회장을 보며 눈이 커졌다.

아무튼 가벼운 농담을 던지는 할아버지를 본 수한은 얼른 대답을 하였다.

"아닙니다. 회장님이 찾으신다고 해서 둘째 큰아버지께서 오신지 알았는데, 설마 회장님이 할아버지일 줄은 생각지 못해서 그래요."

"허허⋯⋯."

수한의 대답에 정대한은 작게 너털웃음을 지었다.

그러면서 그의 머릿속에 오전에 면담을 했던 대통령의 말이 그의 머릿속에 떠올랐다.

"무슨 일로 대통령을 날 찾은 것이지?"

정대한 회장은 아침 일찍 출근을 한 뒤 오늘 일정을 보고하는 김병수 비서실장을 보며 물었다.

"그것까지는 전달받지 못했습니다. 다만 이번 사건과 무슨 연관이 있는 것은 아닌가 합니다."

"이번 사건이라⋯⋯ 뭐 가 보면 알겠지."

정대한은 비서실장인 김병수에게 무엇 때문에 대통령이 자신을 만나자고 했는지 물어보았지만, 그 또한 알 수 없다는 말에 고개를 끄덕였다.

뒤에 얼마 전 벌어진 외국 특수부대의 천하 컨소시엄의 수송대 습격에 대한 언급이 나왔지만 정대한의 생각으로는 그 문제라면 자신을 찾을 것이 아니라 천하 컨소시엄의 모회사인 천하 디펜스의 회장인 명환을 불러야 할 사항이라 생각했다.

비록 자신이 천하그룹 총회장이라고 하지만 천하 컨소시엄과 군수사업에 관한 일체의 권한은 자신의 둘째 아들인 정명환의 일이기 때문이다.

뚜렷하게 무엇 때문에 대통령이 자신을 찾는 것인지 알 수는 없었지만 자신이 대통령에게 책잡힐 일은 없다는 생각에 생각을 접었다.

뭐 만나보면 무엇 때문에 부른 것인지 알 수 있다는 생각에서다.

약속시간은 오전 11시였다.

하지만 대통령과의 약속이기에 30분 일찍 도착해 대기를 하는 것이 관례였기에 정대한은 이른 시간에 회사를 나와 청와대로 향했다.

차는 어느새 청와대에 도착을 하였다.

"어서 오십시오. 각하께서 기다리고 계십니다."

"아 예."

정대한은 청와대에 도착을 했는데, 자신이 차에서 내리기도 전에 청와대 비서실장이 먼저 나와 차문을 열고 인사를 하자 깜짝 놀랐다.

너무 놀라 엉겁결에 길성준 비서실장의 인사를 받기는 했지만 제대로 된 반응을 보일 수 없었다.

그런데 뭐가 그리 급한지 그는 자신을 보자마자 대통령이 기다린다는 말을 하여 더욱 기겁하게 만들었다.

길성준 비서실장은 자신의 말만 하고 얼른 뒤돌아 걷기 시작했다.

그런 길성준 비서실장의 모습에 정대한도 빠르게 차에서 내려 그의 뒤를 따랐다.

"잠시 기다려 주십시오."

길성준 비서실장은 자신의 뒤에 따라오던 정대한 회장을 보며 기다려 달라는 말을 하고 문에 노크를 하였다.

똑똑똑!

"각하! 길성준입니다. 들어가겠습니다."

노크를 한 길성준 비서실장은 그렇게 말을 하고 안으로 들어갔다.

그리고 곧 다시 나와 정대한 회장을 보며 말을 하였다.

"들어가시지요."

"예."

비록 자신보다 나이는 한참이나 어린 길성준 비서실장이지만 자리가 자리인지라 함부로 말을 하지 못하고 말을 높이며 대답을 했다. 그의 뒤를 따라 대통령 집무실 안으로 들어갔다.

"각하! 안녕하셨습니까?"

안으로 들어간 정대한은 윤재인 대통령을 보며 그렇게 인사를 하였다.

"어서 오세요."

윤재인 대통령은 안으로 들어서는 정대한 회장을 밝은 미소로 맞았다.

안으로 들어오는 정대한 회장을 본 윤재인 대통령은 업무를 보던 책상에서 일어나 집무실 한쪽에 마련된 의자로 가 앉았다.

"앉으시죠. 길 실장, 마실 것 좀 준비해 줘."

"예, 어떤 것으로 준비를 할까요?"

윤재인 대통령은 이야기를 하기 전 길 실장한테 말 하였다.

이에 길상준 비서실장은 어떤 것으로 준비할 것인지 물

었다.

"정 회장님, 어떤 것으로 드시겠습니까?"

어떤 음료로 준비할 것인지 물어보는 비서실장의 질문에 윤재인 대통령이 정대한 회장에게 시선을 돌리며 물었다.

그런 대통령의 질문에 정대한은 차분하게 커피를 부탁하였다.

아침 일찍 출근하자마자 바로 대통령 면담이 잡혔다는 말에 부랴부랴 온 터라 입안이 텁텁하였기에 부담 없는 커피를 주문하였다.

정대한 회장의 대답에 윤재인 대통령도 길성준 비서실장을 보며 같은 것을 주문하였다.

"나도 커피로 부탁해요."

"알겠습니다. 준비하겠습니다."

간단한 담소가 오고 가고 어느 정도 분위기가 무르익자 윤재인 대통령이 먼저 용건을 말했다.

"정 회장님 손자 중에 정수한 박사라고 있다고 하던데, 어떻습니까?"

밑도 끝도 없이 갑자기 자신의 손자에 대한 질문을 하자 정대한은 쉽게 대통령의 질문에 대답을 할 수가 없었다.

무슨 의도로 손자에 관한 질문을 할 것인지 알 수가 없었기에 노련한 그라도 잠시 머뭇거렸다.

그러다 대통령의 질문에 이대로 있을 수만은 없다는 생각에 대답을 하였다.

예전과 많이 달라졌다고 하지만 대통령의 권한이라는 것이 대한민국 내에서는 아직도 무소불위의 위력을 발휘할 때가 있었다.

아무리 천하 그룹이 요즘 흥하고 있지만 언제든 그에 제동을 걸 수 있는 것이 바로 권력이다.

대한민국 재계 부동의 1위인 성삼 그룹이라도 말 한마디면 휘청거리게 만들 수 있는 것이 바로 대통령의 힘이다.

그러니 자칫 말을 했다가 대통령에게 밉보였다가 봉변을 당할 수도 있으니 조심을 하려는 것이다.

머뭇거리는 정대한 회장의 모습에 윤재인 대통령은 별거 아니란 듯 다시 입을 열었다.

"아, 너무 긴장하지 마세요. 다른 것이 아니라 정수한 박사가 요즘 화제가 되고 있는 라이프 메디텍의 실질적인 주인이라는 소문이 있어서 혹시나 그렇진 않겠지만 변칙증여……."

"아닙니다. 대통령님게서 조금 더 알아보시면 그게 아니란 것을 알 수 있을 것입니다. 라이프 메디텍은……."

정대한은 혹시 대통령이 손자 수한의 재산형성 과정에 불법이 있는 것으로 오해를 하여 그러는 것은 아닌가 하는 생각에 얼른 변명을 하였다.

수한이 라이프 메디텍이란 회사를 가지고 있음은 정대한 본인도 잘 알고 있다.

4년 전 휴대용 미사일의 설계도를 가져와 계약을 한 것에서부터 그것을 기반으로 기술은 있지만 거대 제약회사의 함정에 빠져 도산의 위기에 있던 중소 제약회사를 인수한 것, 그리고 그 제약회사의 경영진과 직원을 모두 인수받아 신약을 개발해 자본을 확충하고 또 벌어들인 이윤을 개인이 챙기지 않고 바로 투자를 하여 회사를 키운 것까지 설명을 하였다.

그리고 국방의 의무를 하기 위해 지원하여 대체복무를 신청해 자신의 지식을 국가에 봉사한 일까지 빠짐없이 대통령에게 이야기 하였다.

그런 정대한 회장의 이야기를 듣고 있던 윤재인 대통령의 눈이 점점 커졌다.

지켜 주지 못해 부모와 생이별을 하게 만들었던 조국이다.

그렇지만 혼자 커 조국에 돌아와 조국에 힘이 되기 위해 자신의 지식을 쏟아부었다.

윤재인 대통령도 정대한 회장에게 이야기를 들으면서 몇 가지 자신이 보고를 받은 사항도 있음을 알았다.

공군의 전력강화를 위한 전투기 성능 개량 사업을 벌이던 것이 성공을 했다는 보고를 임기 초기에 보고를 받았다.

뿐만 아니라 육군의 국지방어의 핵심이 되는 지대공 미사일의 사거리 및 정확도가 기존에 비해 10% 정도 향상되는 프로그램이 완성되었다는 것도 들었다.

이 모든 것에 이야기의 중심인 정수한 박사가 있었다는 말에 깜짝 놀랐다.

그런 인재가 자진해서 국민의 의무인 복무를 했다는 것에 놀라웠다.

조금이라도 힘이 있다고 생각하는 이들은 어떻게 해서든 자식을 군대에 보내지 않으려고 하는 것이 현 대한민국 상류층들의 모습이었다.

그런데 상류층 중에서도 재계는 물론이고 정계에도 탄탄한 기반을 가지고 있는 정씨 집안의 자손으로 아기 때 납치되었다가 18년을 성장해 돌아와 대체복무이기는 하지만 군 복무를 자원했다는 것에 놀랐고, 또 그것이 대한민국 전력

강화에 큰 이바지를 했다는 것에 두 번 놀랐다.

'그러니 그런 것을 만들어 낼 수 있었던 것이지.'

윤재인 대통령은 며칠 전 정수용 대령에게서 들었던 파워슈트란 것이 어떻게 만들어질 수 있었는지 짐작할 수 있었다.

그렇듯 올바른 정신을 가지고 있는 천재이기에 하늘도 그런 재능을 그에게 내려 주었다고 생각하기에 이르렀다.

"내 단도직입적으로 말을 하겠습니다. 실은……."

윤재인 대통령은 그동안 정대한 회장을 불러 놓고 이런저런 이야기로 수한에 대해 물어본 것에 대한 이야기를 하였다.

그런 대통령의 이야기를 모두 들은 정대한 회장은 속으로 깜짝 놀랐다.

자신의 손자인 수한이 천재인 줄은 알았지만 설마 미국도 아직 실용화 하지 못한 파워슈트를 개발하고 또 자신의 소유 회사의 보안대에 지급을 했다는 것에 놀랐다.

그룹 계열에 방위사업을 하는 그룹이 있을 정도인 천하그룹이다.

그곳의 회장인 정대한이 파워슈트에 대해 모를 수가 없었다.

그리고 사실 천하 디펜스에서도 오래전 파워슈트에 관해 논의가 한차례 있기도 했다.

그렇지만 현재 천하 그룹의 역량으로는 파워슈트를 만들 여력이 없다는 판단에 계획을 폐기했었다.

그런데 자신의 손자는 혼자 힘으로 그런 엄청난 것을 만들어 냈다.

천재라고 생각은 하고 있었지만 이젠 두손 두발 다 들 정도로 놀랄 지경이었다.

사실 플라즈마 실드 발생장치를 개발했다고 했을 때 알아봤어야 했다.

생각해 보니 플라즈마 실드 발생장치란 것도 세계 최초가 아닌가. 이런 생각을 하자 정대한은 저절로 어깨에 힘이 들어감을 느꼈다.

"이건 비밀인데, 우리 대한민국도 언제까지 국제사회의 호구로 지낼 수는 없다는 생각에 군에 지시를 내려 특수부대를 창설했습니다. 아직 완벽하게 갖춘 것은 아니지만 세계 그 어느 곳에 내놔도 꿀리지 않을 것이라 자부합니다."

"아 예……."

정대한은 갑작스런 유재인 대통령의 말에 깜짝 놀랐다.

느닷없이 국가 기밀에 관한 이야기를 민간인인 자신에게 하는 저의를 알 수가 없었기 때문이다.

"그런데 며칠 전 파주에서 있었던, 아마 정 회장도 조금 연관이 있으니 이야기를 들었을 것입니다. 아무튼 그곳에 파견 나갔던 부대장이 돌아와 보고를 하는데, 정 박사가 소유한 회사의 보안대 수준이 자신들을 능가한다는 이야기를 합디다."

윤재인 대통령은 이야기를 하면서도 정대한 회장의 눈에서 시선을 떼지 않았다.

자신의 이야기를 들으며 무언가 변화를 포착하려는 것인지 아무튼 시선을 떼지 않고 이야기를 하였다.

"솔직히 그런 무력을 가진 집단이 대한민국 군이 아니라 민간에 그것도 개인이 보유하고 있다는 보고에 심히 우려를 했습니다."

대통령의 우려라는 말에 정대한 회장은 긴장을 하였다.

무엇 때문에 이런 이야기를 하는지 이제야 깨달은 것이다.

"제가 어떻게 하면 되겠습니까?"

정대한 회장은 단도직입적으로 윤재인 대통령에게 물었다.

그런 정대한 회장의 물음에 잠시 머뭇거리다 대답을 하였다.

"그 부대장이 자신들도 그런 장비만 있다면 최초 계획대로 세계 최고의 부대가 될 수 있다고 하는데 도와주십시오."

대통령은 협박이 아닌 도와달라는 부탁을 하였다.

그런 윤재인 대통령의 모습에서 정대한 회장은 진정성을 느꼈다.

그가 얼마나 대한민국을 사랑하는지 느낀 것이다.

"알겠습니다. 최대한 노력을 해 보겠습니다."

정대한은 윤재인 대통령의 부탁에 최선을 다하겠다는 말을 하였다.

하지만 그렇게 하겠다는 확답을 하지는 않았다.

아무리 뜻이 좋고 옳은 것이라도 파워슈트란 것은 자신의 손자가 개발한 물건이었다.

자신이 할아버지라도 또 조국의 국방을 튼튼히 하는 물건이라도 정당한 대가를 치르고 구입을 해야만 하는 물건인 것이다.

물론 뜻이 좋기에 자신도 손자를 최대한 설득을 하겠지만 그것을 받아들이는 것은 손자이고, 또 손자가 개발한 물건, 즉, 파워슈트를 원한다면 정부도 물건에 대한 정당한 대가를 지불하고 구입하는 것이 맞다 생각을 하였다.

그러는 한편 대통령이 부탁을 할 정도로 엄청난 물건을 또다시 만들어 낸 손자가 대견하기도 했다.

7.
도약을 위한 준비

잠시 오전 청와대에서 대통령과의 면담을 하던 것을 회상하던 정대한은 지긋이 손자인 수한을 쳐다보았다.

해 준 것도 별로 없는데 18년 만에 실종되었다가 나타나 흔들리던 그룹을 반석에 올렸다.

뿐만 아니라 자칫했으면 사활을 걸고 시도하던 프로젝트가 일신그룹의 방해로 공중분해가 될 뻔도 하였다.

만약 그렇게 되었더라면 아무리 재계서열 20위권의 거대 그룹인 천하그룹이라고 해도 상당한 타격을 입어 복귀가 쉽지 않았을 것이다.

그런데 그런 방해에도 프로젝트를 성공시켰을 뿐 아니라

오히려 그룹을 음해하려던 일신그룹에 역공을 펼쳐 그들을
무너뜨렸다.

현재 그 일로 대한민국 증권가가 태풍의 눈마냥 널뛰기
를 하는 가운데 수한의 기지로 오히려 일신을 잡아먹고 천
하가 커지고 있었다.

사전에 준비를 하였기에 매머드 급인 일신이었지만 큰
어려움은 없었다.

천하그룹의 한계를 알고 수용할 수 있는 부분만 취하고
나머지는 관망을 하고 있는 상태이기 때문이다.

일신그룹은 현재 내우외환으로 정신을 차리지 못하고 있
는 상태다.

중요한 프로젝트의 실패로 주가가 떨어진 것은 물론이고
그에 더해 프로젝트 진행 과정에서 나온 불법 로비가 언론
에 공개되면서 부도덕한 기업으로 국민들에게 낙인이 찍히
고 말았다.

그런 처지에 일가가 국가 전략물자를 외국으로 빼돌리다
가 국정원에 잡혔다.

국정원은 그 사건을 이례적으로 언론에 공개를 하였다.

이 때문에 일신그룹은 프로젝트 실패로 인한 부담을 근
근이 막고 있던 차에 이 엄청난 사건이 터지면서 공중분해

가 되고 말았다.

일신그룹은 각종 정부기관의 조사를 받기 위해 업무가 올 스톱이 되고 말았다.

사주의 차남이 주동이 되어 일본에 자사의 기술도 아니고 타사의 제품을 정치적 로비로 확보한 뒤 팔아넘긴 사건이었는데, 더욱이 그 물건은 국가에서 전략물자로 수출이 불가능한 제품이었다.

만약 이것이 적성국가에 넘어가게 되면 대한민국 안보에 크나큰 영향을 미치는 물건이라 그렇게 지정한 것인데, 일신그룹 회장의 차남이 일본에 팔아넘기는 아니, 연구소에 있던 물건을 훔쳐 넘긴 것이다.

다행히도 사전에 국정원에서 이러한 정황을 포착하고 외국으로 넘어가기 전에 회수를 하였다.

다만 사전에 정보를 취득했음에도 불구하고 도난당한 플라즈마 실드 발생장치 다섯 대 중 두 개는 끝내 회수를 하지 못했다는 것이었다.

아무튼 눈앞에 있는 손자가 돌아오고 가족은 물론이고 회사마저 탄탄대로에 올라서니 저절로 입가에 미소가 걸리는 정대한 회장이었다.

"할아버지 도대체 무슨 일이시기에 보고만 있으신 것이

에요.”

수한은 자신을 찾았으면서도 정작 말은 하지 않고 쳐다만 보는 할아버지의 모습에 답답하다는 듯 물었다.

정대한은 그런 손자의 모습에 다시 한 번 미소를 지으며 대답을 하였다.

“오늘 오전에 청와대에 들어갔다.”

밑도 끝도 없이 청와대에 다녀왔다는 정대한의 말에 수한은 눈을 동그랗게 떴다.

그런 수한을 보며 정대한은 청와대, 대통령을 면담하고 나눈 이야기를 수한에게 들려주었다.

“얼마 전 수송 차량을 습격을 받은 것을 물리친 것이 국정원과 군이 아니라 네 회사의 보안대가 막은 것이라 하던데, 그 말이 사실이냐?”

정대한은 은근슬쩍 그 사건을 막은 것이 네가 한 일이냐 물은 것이다.

그런 정대한의 질문에 수한은 대답 대신 미소로 답을 하였다.

이미 정대한이 모든 것을 알고 온 것이란 걸 깨닫고 말을 하기보단 행동으로 뜻을 밝혔다.

그런 수한의 모습에 앞에 앉아 있는 손자가 자신이 생각하는 것 이상으로 똑똑하다는 것을 다시 한 번 깨닫는 정대한이었다.

"그럼 정말로 네 회상의 보안대원들이 입고 있던 것이 파워슈트고 그것을 만든 게 너란 말이냐?"

정대한은 대통령과 면담을 할 때 파워슈트에 관한 이야기를 하기는 했지만 그것을 만든 사람이 수한인지는 모르고 있었다.

그저 수한이 주인으로 있는 라이프 메디텍이란 회사에서 만들었을 것이란 말만 들었다.

그런 대통령의 말에 정대한은 회사가 파워슈트를 만들었을 것이란 생각보단, 자신의 손자 정수한이 만들었을 것이라 짐작을 하고 그렇게 물어봤다.

한편 수한은 할아버지인 정대한의 이야기를 듣고 그가 무슨 말을 하려는 것인지 짐작할 수 있었다.

이미 리철명에게 보고를 받았기에 당시 군인으로 보이던 사내의 행동에 대한 이야기도 들었다.

그가 한 행동이 뭔가 마음에 걸렸는데, 그의 보고가 아마도 대통령의 귀에 들어갔는가 보다.

이런 생각을 한 수한은 고개를 끄덕이면 정대한의 질문에 답을 하였다.

"맞아요. 제가 만든 것 맞아요."

수한이 바로 자신의 말에 수긍을 하자 정대한은 예상을 하고 있었지만 그렇다고 그 놀라움이 줄어들지는 않았다.

하지만 정대한이 정작 하고 싶은 이야기는 그것이 아니었다.

수한이 파워슈트를 만들었는지 정작 중요하지 않았다.

사실 오늘 수한을 찾은 것은 대통령인 윤재인의 말을 전하기 위해서다.

"그럼 내 말하기 편하겠구나! 대통령께서는 극비리에 특수부대를 구상하고 계시다고 한다."

정대한이 은근하게 말을 꺼내자 수한의 머릿속에 리철명이 했던 말이 다시금 떠올랐다.

"예, 그런데요?"

"그런데 이번 라이프 메디텍의 보안대가 파워슈트란 것을 가지고 있는 것을 알게 되시고, 그것이 대통령이 구상하는 특수부대에 있었으면 한다고 하더구나."

정대한은 이야기를 하면서 손자의 표정을 살폈다.

그도 말을 전하면서 얼굴이 뜨거워졌다.

아무리 손자라고 하지만 다른 사람의 부탁을 대신 전달하는 것이 쉽지만은 않은 것이다.

그런 정대한의 모습에 그가 어떤 생각을 하고 있는지 알 수 있었다.

하지만 그렇다고 쉽게 대답을 할 수도 없는 문제다.

대통령이 그런 부탁을 할아버지에게 했다는 것은 자신이 부탁을 들어주면 어느 정도 보상이 있을 것이지만, 그렇지 않을 경우 그에 대한 보복도 있을 것임을 잘 알고 있었다.

아무리 호인인 사람이라도 대통령이다.

말이 부탁이지 그것은 명령이라고 봐도 되는 소리다.

그러니 대통령의 말을 전달하는 정대한의 입장에서 최대한 일이 성사가 되게 노력을 하는 것이다.

할아버지의 처지를 잘 알고 고민을 하기 시작했다.

솔직히 수한은 파워슈트를 최대한 늦게 선보일 생각이었다.

아직 미국이 세상에 알리지 않은 것을 대한민국에서 먼저 출시를 한다면 어떻게든 문제가 일어날 것이란 것을 빤히 알 수 있기 때문이다.

막말로 이번 플라즈마 실드 발생장치의 문제만 해도 그렇다.

이론적 개념만 잡혀 있는 물건이 실제로 그리 그 분야에 발달하지 않은 대한민국에서 제품이 나왔기에 그런 사태가 벌어진 것이다.

더욱이 파워슈트는 플라즈마 실드 발생장치처럼 방어 개념의 무기가 아니기 때문에 더욱 큰 사건을 몰고 올 것이 분명했기에 수한은 최대한 늦게, 미국이 발표를 하기까지 숨기고 있었다.

그런데 대통령이 그것을 알고 있으니 어떻게든 대통령의 부탁 아닌 부탁을 들어줘야만 할 수밖에 없다.

"설마 저나 할아버지에게 무상으로 군에 보급하라는 것은 아니겠지요?"

수한은 어느 정도 마음을 정리하고 그렇게 물었다.

어차피 대통령이 그렇게 말을 했으니 군에 보급은 하겠지만 그렇다고 손해를 보면서까지 해 줄 생각은 없었다.

그렇기에 할아버지인 정대한에게 그렇게 물어본 것이다.

"그건 네 말대로 무상으로 할 수는 없지. 우린 장사꾼이니…… 대통령께는 정당한 가격을 지급하면 네게 말해 본다고 하였다. 그러니 너도 적당한 이윤을 받고 군에 납품을 하도록 해라."

"알겠습니다."

"그래, 네가 그걸 보급해 준다면 네 사촌 형도 좋아할

거다.”

“사촌 형님이요?”

수한은 생각지도 않은 사촌 형이란 정대한의 말에 고개를 갸웃거렸다.

자신이 파워슈트를 군에 보급하는 것과 자신의 사촌 형이 좋아하는 것이 무슨 연관이 있다는 것인지 알 수가 없었기 때문이다.

그런 수한의 모습에 정대한은 수한이 아직까지 사촌 형님 정수용을 보지 못했다는 것을 이제야 깨달았다.

“네 큰아버지 명국의 차남이 군인이라는 것은 너도 들었을 것이다.”

“예, 큰아버지께 들었습니다. 장교로 임관하셨다는 소리는 들었습니다. 그런데……..”

“그래, 나도 이번에 알게 되었는데, 네 사촌 형이 바로 그 특수부대 지휘관이라고 하더구나.”

“뭐라고요? 그게 사실이에요?”

수한은 할아버지의 말에 깜짝 놀랐다.

방금 그 말은 리철명이 말했던 파워슈트에 관심을 보이던 군 장교가 바로 자신의 사촌 형이라는 소리였다.

그러면서 그의 머릿속에 뭔가 그림이 떠올랐다.

'아!'

수한도 18년 만에 정씨 집안에 돌아와 종가에 들른 적이 있었다.

그리고 정씨 집안이 결코 평범한 집안이 아님을 알게 되기도 했다.

정씨 집안의 선조들은 고려 무신정변 시절에 권력의 중심에 접근하게 되었고, 그때를 기반으로 일가를 이루었다.

조선시대에 와서 정씨 집안은 조선의 문관 우대 정책으로 인해 가세가 이전만 못하게 줄었어도 무반(武班)으로서 자리를 굳혔다.

그러다 보니 현대에 들어와서도 정씨 집안 혈족들은 간간히 군문에 들어가는 이들이 있었고, 정대한의 장남 정명국의 차남인 정수용도 군에 투신을 하였다.

어려서부터 가전 무학으로 단련한 정수용이었기에 군에 들어가서도 특수부대에 지원을 하여 혁혁한 공을 세우며 승승장구하였고, 그러한 경력이 쌓여 윤재인 대통령이 구상하는 SA부대의 부대장으로 임명이 된 것이다.

SA는 철저히 실력으로만 구성된 특수부대로서 대한민국을 위협하는 적에 대한 보복을 목적으로 설립이 되었다.

그렇다 보니 가족에게도 알릴 수가 없었다.

모든 것이 극비이기에 가족에게까지 자신이 어떤 부대에 있는지 알릴 수가 없었던 것이다. 정대한조차 대통령을 만나기 전까진 자신의 손자가 어느 부대에 있는지 알지 못했다.

그러다 오전 대통령과 면담을 하고 나오면서 군에 있어야 하는 손자를 청와대에서 보게 되었다.

처음 손자가 청와대에 와 있는 것이 의아해했는데, 나중에 이야기를 듣고 손자가 어떤 일을 하고 있는지 알게 되었다.

물론 이 이야기는 청와대를 나오면서 함구하기로 약속을 하였다.

그런데 수한에게 파워슈트를 군에 보급하는 문제로 이야기를 하다 수한의 말에 너무도 기분이 좋아 자신도 모르게 실수를 하게 되었다.

다만 어차피 수한이 파워슈트를 군에 보급을 하다 보면 그 비밀부대와 접촉을 하게 되니 어느 정도 알게 될 것이란 생각을 하고 마음을 놓았다.

사실 자신도 모르게 비밀을 흘리게 된 것이라 정대한도 말을 하고 아차, 하는 생각이 들기는 했다.

"이런, 이건 어디 가서 말을 하면 안 된다. 할애비 큰일

난다."

"하하, 알겠습니다. 어디 가서 이야기하지 않을게요. 안심하세요."

정대한의 너스레에 수한도 장단을 맞춰 주었다.

"그래, 그런데 네가 연구하고 있는 인공지능이란 것은 잘되어 가고 있느냐?"

정대한은 문득 차남인 천하 디펜스 회장 명환의 말이 기억나 물었다.

천하 컨소시엄에서 완성한 대한민국의 차세대 주력전차인 백호에 결함이 있어 그것을 극복하기 위해 인공지능을 연구한다는 말에 당시 참으로 많이 놀랐다.

인공지능이란 것은 인간이 하늘을 날고 싶은 욕망만큼이나 오래된 도전 과제 중 하나이다.

물론 하늘은 나는 것은 비행기를 만들면서 하늘을 나는 꿈은 정복을 하였다.

그렇지만 인공적으로 사람처럼 사고를 하는 물체를 창조하는 일은 아직까지 진척이 더뎠다.

세계 유수의 석학들과 유명 대학과 연구기관에서 천문학적인 돈을 들여 연구를 하고 있지만 아직까지는 사람들이 인정할 정도의 수준에 이르지 못했다.

간단한 질문 정도는 대답할 수 있는 정도의 인공지능을 완성하기는 했지만 그 수준이 너무도 낮아 아직까지 제대로 된 인공지능이 만들어졌다는 발표를 하지 못하고 있었다.

그런데 인공지능 연구의 불모지나 다름없는 대한민국에서 자신의 손자가 그런 연구를 한다고 하니 관심을 보이지 않을 수 없었다.

더욱이 들리는 정보에 의하면 상당한 수준이라고 하였다.

아직까지 조금 미흡한 구석은 있지만 여느 연구기관에서 발표하는 인공지능 프로그램보단 월등하다는 것이다.

질문에 대한 답은 물론이고, 그와 연관된 질문과, 또 스스로 의문이 드는 것을 대화 상대에게 질문을 하면서 학습을 한다고 들었다.

다만 부족한 것은 그 반응 속도가 느리다는 것이다.

인간으로 치면 6—7세 정도의 유치원생 정도의 지능을 갖췄다는 판단이었다.

이런 이야기를 들을 때마다 정대한은 속으로 놀라면서도 한없이 기뻤다.

손자의 잘남은 그 집안 수장인 그의 자랑이기도 했다.

"각하, 그런데 파워슈트를 SA에 보급을 하기 위해선 예산을 어느 정도로 생각하십니까?"

김세진 국정원장이 조심스럽게 물었다.

그런 국정원장의 질문에 윤재인 대통령도 고민을 하기 시작했다.

SA부대장의 말에 자신도 흥분을 해서 일을 추진하기는 했지만 막상 파워슈트를 구입하기 위해 예산을 마련하는 일이 막막하였다.

"하, 이 일을 어떻게 하면 좋겠습니까?"

윤재인 대통령도 사실 이 예산 문제만큼은 어떻게 할 도리가 없었다.

대통령이 예산 문제로 고민을 하고 있을 때, 김세진 국정원장이 은근한 말로 물었다.

"각하, 이건 어떻습니까?"

"뭐 말이오?"

"국정원에 천하 컨소시엄에 관한 정보가 들어왔는데, 천하 컨소시엄에서 기존 플라즈마 실드 발생장치의 다운 그레이드를 성공하였다고 합니다."

"그런데요?"

윤재인 대통령은 그게 지금 SA부대의 파워슈트 보급과 어떤 연관이 있는지 알 수가 없어 물어보았다.

"다운 그레이드 된 플라즈마 실드는 기존의 반구 형태가 아니라 커다란 벽 모양이라고 합니다."

"그래요? 그런데요? 그것과 예산을 모집하는 것과 어떤 연관이 있다는 말입니까?"

이야기를 들어도 전혀 무슨 소린지 알 수가 없는 윤재인 대통령으로서는 지금 김세진 국정원장이 하려는 이야기의 핵심을 알 수가 없어 답답했다.

그런 대통령의 모습에 김세진 국정원장은 자신의 생각을 그대로 말을 하였다.

"각하, 이번 플라즈마 실드 발생장치 탈취 미수 사건은 앞으로도 그와 비슷한 유형의 사건이 또 일어날 수 있습니다. 저들은 끝까지 플라즈마 실드 발생장치를 포기하지 않을 것입니다. 그런데 다른 나라와는 문제가 될 것은 없지만 미국은 다릅니다. 동맹이지만 미국은 그렇다고 포기하지 않고 어떻게든 그것을 자신들이 쓸 수 있게 수를 만들 게 분명합니다. 그리고 대한민국은 절대로 미국의 그런 행동을 막을 힘이 없습니다."

김세진 원장은 진지한 목소리로 대통령에게 대한민국의 현실과 미국의 앞으로의 행동에 대하여 설명을 하였다.

그리고 그건 윤재인 대통령도 잘 알고 있었다.

분위기가 침체되어 가고 있는 중 김세진 원장은 급기야 자신이 하고자 하는 이야기의 본론을 꺼냈다.

"어차피 언젠가는 미국의 요구를 들어줄 수밖에 없는 때가 올 것입니다. 그러니……."

김세진 국정원장은 잠시 하던 말을 멈추고 대통령을 다시 한 번 본 뒤 말을 이었다.

"이번에 천하 컨소시엄에서 다운 그레이드 한 플라즈마 실드 발생장치를 수출하는 것입니다."

"뭐라고요?"

윤재인 대통령은 김세진 국정원장의 말에 깜짝 놀랐다.

국가 전략물자인 플라즈마 실드 발생장치를 아무리 다운 그레이드 했다고 하지만 그것을 수출하자는 말에 놀란 것이다.

"미국에 그것을 수출하게 된다면 다른 나라들이 가만있겠습니까? 그들도 너도나도 달라고 할 것입니다."

"물론 공개적으로 한다면 그렇겠지만 그것을 비밀리에 교섭을 한다면 어떻게 하겠습니까? 미국도 플라즈마 실드 발생장치가 다른 나라에 풀리는 것을 달갑게 생각지는 않을 것입니다."

윤재인 대통령은 김세진 국정원장의 말에 잠시 생각을 하다 고개를 끄덕일 수밖에 없었다.

미국은 절대로 그것이 다른 나라에 많이 퍼지는 것을 좋아하지는 않을 것이 분명했기 때문이다.

내가 하면 로맨스요. 다른 사람이 하면 불륜인 것처럼, 플라즈마 실드라는 최첨단의 방어 설비를 자국만 가지고 있으면 좋을 것이다. 하나 미국은 그것을 개발하지 못했고, 그것을 개발한 나라는 자국과 동맹국인 한국이었다.

그렇지만 아무리 동맹이라고 하지만 국가 전략에 중요한 물건인 플라즈마 실드 발생장치를 공급하지 않을 것이 분명했기에 그것을 탈취하기 위해 미국은 특수부대를 동맹국에 침투시켰다.

물론 외형적으로야 동맹국에 적성국가의 특수부대가 침투하였기에 지원을 한다는 핑계였지만, 결과적으로 그들 또한 다른 나라들처럼 대한민국이 가진 플라즈마 실드 발생장치를 노렸다.

물론 실패를 하였기에 목적을 이루지는 못했지만 말이다.

아무튼 동맹국이라고 미국은 절대로 그냥 두지 않는다.

자국의 전략적 우위를 지키기 위해 자신들보다 나은 장비를 가지고 있는 나라를 미국은 절대로 그냥 두지 않을 것이다.

김세진 국정원장의 말처럼 다운 그레이드 된 것을 미국에 공급을 하든, 아니면 가지고 있는 물건을 폐기하는 것이 대한민국의 미래를 위해서 나을 터였다.

이런 생각은 비단 이들만 하는 것이 아니다.

많은 나라들이 미국의 본 모습을 알고 있었다.

그들의 양면성을 알기에 동맹국은 동맹국대로 미국을 견제하는 나라들은 나라들대로 미국을 주의하였다.

"이번에 잡힌 CIA 처리팀의 일도 논의를 해야 하니 제가 한 번 그들과 협상을 해 보겠습니다."

"국장이 직접 나선다는 것입니까?"

"아무래도 사안이 사안이니 제가 직접 움직여야 하지 않겠습니까? SA문제도 있고 하니……."

김세진 국정원장은 그렇게 대통령을 설득하고 있었다.

사실 SA부대의 완성은 윤재인 대통령보다 그가 더욱 바라는 것이다.

한 해에도 국정원 요원들이 수없이 사라지고 있었다.

나라의 힘이 약해서 그들에 대한 어떠한 보상도 해 줄 수 없고, 또 그들의 억울함을 풀어 줄 수도 없었다.

　김세진 국정원장은 현장에 있을 때 그러한 생각을 많이 했었다.

　현장 요원으로서 유일하게 정치적 관계와 상관없이 임명이 된 사람이 바로 김세진이었다.

　그렇다 보니 현장 요원이었을 때의 억울함을 후배들에게 물려주기 싫어서 대통령께 건의하여 SA부대를 창설하게 만들었다.

　그러니 SA부대의 완성에 꼭 필요하다고 판단이 된 파워 슈트를 어떻게든 그들에게 지급을 할 수 있게 재원을 마련하려는 생각에 외부에 알려지지 않은 천하 컨소시엄의 다운 그레이드 플라즈마 실드 발생장치를 언급하였다.

　"알겠소. 그럼 그건 원장이 알아서 해결을 하세요."

　윤재인 대통령도 김세진 국정원장의 눈을 보며 그가 어떤 마음으로 그런 이야기를 자신에게 했는지 짐작을 하자 허락을 하였다.

미국의 수도 워싱턴 D.C 1번지. 사람들은 그곳을 화이트 하우스라 부른다.

백악관 세계 초강대국 미국의 정책이 수립되는 곳. 이곳 백악관이 늦은 시간 불이 환하게 밝혀져 있었다.

"국장! 이게 사실인가?"

백악관 대통령 집무실은 현재 국가안전보장회의(NSC)가 열리고 있었다.

이 늦은 시각 NSC가 열리게 된 원인은 다름 아닌 CIA가 동맹인 한국에서 비밀작전을 하다가 붙잡혔기 때문이다.

CIA와 같은 요원들은 원칙적으로 정부의 데이터베이스에 존재하지 않는 가상의 신분만 있을 뿐이다.

하지만 이번 문제는 좀 특이한 경우였기에 한국의 정보부인 국정원에 붙잡힌 마커스의 팀은 공식적으로 미국 요원이란 신분이 있었다.

CIA 처리팀 중 하나인 마커스의 팀은 한국 국정원의 요청으로 공식적으로 들어온 미국 요원이었기 때문이다.

한국에 침투한 중국 MMS의 특수팀인 흑검들을 상대하기 위해 국정원이 CIA에 도움을 요청해 들어왔기 때문에 그들의 기록이 정식으로 남아 있던 것이다.

그렇게 공식적으로 들어왔던 마커스의 팀이 한국의 전략

물자 플라즈마 실드 발생장치를 노렸던 것은 한국의 정보부인 국정원의 능력을 너무 쉽게 보았기 때문이다.

아니, CIA는 국정원의 능력을 제대로 파악을 하고 있었다.

다만 그들이 생각지 못했던 것은 판을 벌였던 주체가 국정원이 아니라 수한이었다는 것이다.

수한과 한반도를 수호하는 단체인 지킴이들이 판을 짜고 민족을 배신하고 자신의 잇속만 챙기는 일신그룹 일가를 뒤흔들기 위해 판 함정에 중국과 일본의 정보부서들이 끼어들었다.

물론 함정을 판 수한과 지킴이 회원들 그리고 곁다리로 참여한 국정원은 이들의 존재를 그들이 침투했을 때부터 알고 있었기에 지켜보기만 하면 되는 일이었다.

그런데 그곳에 자신들의 실력과 장비의 우수성만 믿고 뛰어든 미국의 방심 때문에 벌어진 일이다.

"할 말이 없습니다."

CIA국장은 정말이지 대통령의 질문에 할 말이 없었다.

자신의 직속부하가 실수를 하여 국제 정보조직 중에서 한참이나 떨어지는 한국의 국정원에 노출이, 아니, 작전을 하다 붙잡혔다는 사실에 어떤 변명을 하여도 사실이 없어지는 건 아니다.

"뭐요? 동맹국에서 정말로 비밀작전을 했다는 말이오? 그것도 암살을 전문으로 하는 팀을 보내서 말이오? 설마 국장은 미친 것 아니오?"

설마 하는 생각에 질문을 한 것이었는데, 대답을 하는 CIA국장의 대답에 어처구니가 없었다.

초강대국 미국의 46대 대통령인 존 슈왈츠는 너무도 기가 막혔다.

물론 그도 미국이 올바른 방법으로만 세계 경영을 한 것이 아니란 것을 잘 알고 있었고, CIA의 작전이 비인간적인 면이 많다는 것을 잘 알고 있다.

하지만 작전을 하더라도 들키지 말아야 하며, 들키더라도 정체를 들키지 말아야 하는데, 이번에는 그렇지 못했다.

그 때문에 언제나 자신들의 봉이었던 한국의 대통령에게 한소리를 들었다.

존 슈왈츠로서는 지금까지 한 번도 겪어 보지 못한 경험을 하게 되었다.

"아무리 욕심이 나더라도 그렇지……."

존 슈왈츠는 말을 하다 말고 혈압이 오르는 것인지 뒷목을 잡고 자리에 주저앉고 말았다.

"윽!"

"프레지던트!"

대통령이 쓰러지자 주변에 있던 NSC위원들이 소리치며 쓰러진 대통령 주위로 모여들었다.

"닥터! 닥터!"

누군가는 의사를 부르려 고함을 질렀다.

그런 소란이 일자 연락을 받고 달려온 주치의가 뒷목을 잡고 의자에 앉아 있는 존 슈왈츠 대통령의 몸을 살폈다.

"프레지던트! 더 불편한 곳은 없습니까?"

의사는 아직 의식이 있는 존 슈왈츠를 살피며 물었다.

그런 의사의 질문에 존 슈왈츠는 자신은 괜찮다는 손짓을 해 보였다.

그렇지만 의사는 계속해서 손전등을 이용해 대통령의 눈동자를 살피기도 하고, 또 청진기를 이용해 심박수를 체크하였다.

한참을 살피던 주치의는 팔뚝에 주사를 놓았다.

"프레지던트 심신이 불안정 합니다. 조금 쉬시기 바랍니다. 제가 안정제를 놔 드릴 것이니 1—2시간 정도 휴식을 하시기 바랍니다."

현재 주치의도 이곳에서 무슨 일이 벌어지고 있는지 잘

알고 있었다.

백악관 주치의로 근무를 한 것도 수년째인 그이기에 현재 이곳에서 안보회의가 진행되고 있었다는 것을 알고 있었다.

그런데 안보회의 중 대통령이 흥분해 쓰러졌다는 것은 뭔가 자신이 모르는 큰일이 벌어지고 있음을 짐작할 수 있었다.

하지만 평소 혈압이 높은 편인 존 슈왈츠 대통령이다 보니 주치의로서 그는 휴식을 할 것을 처방할 수밖에 없었다.

주치의가 권한 휴식에 NSC는 잠시 휴식 시간을 갖기로 하였다.

대통령이 쓰러졌으니 어쩔 수가 없었기 때문이기도 했다.

물론 대통령 유고 시 부통령이 그 임무를 대행할 수 있었지만 현재는 그런 정도의 사건은 아니었기에 잠시 휴식을 하기로 하였다.

두 시간 흐르고 NSC는 다시 열렸다.

그만큼 NSC가 중요하기 때문에 대통령의 몸이 좀 불편하다고 중간에 흐지부지하게 끝낼 수는 없는 것이다.

그런데 두 시간이 흐르는 동안 뭔가 상황의 변화가 있는 것인지 좀 전까지만 해도 죽을상이던 CIA국장의 표정이 많이 밝아져 있었다.

"프레지던트!"

"뭔가?"

아직 컨디션이 정상이 아닌 것인지 대답을 하는 중에도 존 슈왈츠 대통령은 뒷목을 손으로 주무르며 말을 하였다.

그런 대통령의 대답에도 국장은 뭔가를 대통령에게 넘겼다.

"이것을 좀 보십시오."

"뭔데 이것을 보라는 것인가?"

"한국에서 날아온 긴급 전문입니다."

"뭐?"

한국에서 긴급으로 온 전문이라는 말에 존 슈왈츠 대통령은 테이블에 벗어 두었던 안경을 쓰고 넘겨받은 전문을 살펴보았다.

그런데 전문을 읽던 그의 표정이 놀람으로 바뀌었다.

"이게 사실인가? 그들이 플라즈마 실드 발생장치를 판매를 하겠다는 것이 말이야?"

도저히 믿을 수 없다는 표정으로 말론 국장을 돌아보며 질문을 하는 존 슈왈츠 대통령이다.

그런 대통령의 모습에 조금 전 쥐구멍을 찾을 것만 같던 모습은 온데간데없고 자신감 있는 표정으로 대답을 하는 말론 국장이었다.

"저희가 실수를 하기는 하였지만 한국의 입장으로서는 어쩔 수 없는 선택일 것입니다."

"그건 또 무슨 소린가?"

존 슈왈츠 대통령은 말론 국장의 말에 고개를 갸웃거리며 물었다.

대통령의 물음에 말론 국장은 자신의 생각을 말하였다.

"이번 플라즈마 실드 발생장치를 두고 벌어졌던 사건에는 저희 미국뿐만 아니라 한국을 둘러싼 러시아, 중국, 일본 네 개 국 중 러시아를 뺀 세 개 국이 있습니다. 이번 일로 한국은 주변국의 시선을 한 몸에 받고 있는 입장입니다. 더욱이 플라즈마 실드는 단순한 무기가 아닙니다. 생각하기에 따라 굉장한 무기가 될 수도 있습니다."

말론 국장은 말을 하면서도 은근하게 자신이 무엇 때문에 동맹국에 비밀작전을 지시할 수밖에 없었는지를 역설하고 있었다.

객관적으로 그의 말을 살펴보면 말도 되지 않는 변명에 불과하지만 현재 그의 말을 듣는 이들은 모두 미국의 이익을 위해 모인 이들이다.

그러니 그의 어처구니없는 변명도 이 순간에는 통하고
있었다.

"자칫 잘못하다가는 한국은 동북아에서 고립될 수도 있
습니다. 그러니 한국으로서는 고립되지 않기 위해서는 저
희 미국을 동반자로 선택할 수밖에 없습니다. 중국과 가깝
지만 중국은 공산주의 국가입니다. 한국과는 이념적으로
맞지 않습니다. 그리고 일본은 더욱 손을 잡을 수 없는 것
이 한국입니다. 한국과 일본을 사이에 둔 내해의 지명을 두
고 동해와 일본해를 두고 설전을 벌이고 있는 것은 물론이
고, 독도라는 섬을 두고도 분쟁을 벌이고 있습니다. 또 2
차 대전 당시 일본이 저지른 전쟁범죄에 관해서 일본은 시
종일관 부인하고 있는 대다 교과서까지 왜곡을 하여 어린
학생들에게 가르치고 있다고 합니다. 그러니 한국의 입장
에선 그런 일본은 믿을 수 없는 나라인 것입니다. 그러다
보니 한국의 입장에서 자신들을 편을 들어 줄 나라로 저희
미국을 선택할 수밖에 없을 겁니다."

말론의 이야기가 계속되자 작전 실패로 인한 문제는 이
들의 기억 속에서 사라졌다.

아니, 작전 실패에 대한 문제가 있기는 하지만 한국은

어쩔 수 없이 자신들에게 고개를 숙일 수밖에 없다고 생각을 하게 되었다.

그런 NSC위원들의 생각에 불을 지른 것은 문제를 야기한 CIA국장 말론이다.

교묘한 말장난으로 자신의 과오를 덮고 있었다.

"그럼 여기 한국의 전문은 어떻게 처리하는 것이 좋겠나?"

대통령이 들고 있는 전문의 내용에 한국이 전략물자로 분류한 플라즈마 실드 발생장치를 미국에 판매할 수도 있다는 내용이 적혀 있었다.

그러니 그것을 어떻게 받아들일 것인지 물어본 것이다.

대통령의 질문에 국방장관 리지 오스왈드가 대답을 하였다.

"무조건 받아들여야 합니다. 현재 플라즈마 실드 발생장치는 저희 미국에 절실히 필요한 물건입니다."

국방장관인 리지 오스왈도는 현재 미군에 한국이 개발한 플라즈마 실드 발생장치가 절실히 필요함을 역설했다.

현재 미국은 많은 분쟁국가에 자국 군인들을 파병하였다.

그중 아프리카와 중동에서 벌어진 테러 집단과의 전투는

많은 미군들이 희생이 되고 있었다.

자살 폭탄 테러는 물론이고, 임시도로에 설치된 사제폭탄이나 전투 중 죽은 미군 병사들을 이용한 부비트랩에 의한 피해가 속출하고 있었다.

아무리 예방을 하여도 순찰 도중 벌어지는 기습공격에 미군은 안전을 보장할 수 없었다.

그런데 플라즈마 실드 발생장치는 이런 고민을 해결해 줄 수 있는 획기적인 아이템이다.

그러니 리지 장관으로서는 한국이 미군에 플라즈마 실드 발생장치를 판매하겠다고 하자 얼른 그것을 구입하자는 말을 하는 것이다.

그런데 이때 리지 장관의 말을 반박하는 사람이 있었다.

"굳이 그것을 우리가 구입할 필요가 있습니까?"

"그게 무슨 소립니까? 리노 장관은 전장에서 죽어 가는 젊은이들은 생각지도 않습니까?"

리노 레이놀즈 국무장관의 말에 리지 국방장관은 자리에서 벌떡 일어나며 소리쳤다.

초강대국 미국의 국무를 책임지는 리노 레이놀즈 국무장관은 예산을 생각하지 않을 수가 없었다.

한국이 제안한 플라즈마 실드 발생장치의 가격은 결코

가볍지 않았다.

그동안 국방부에서 플라즈마 실드를 연구하기 위해 가져간 예산만 해도 수천억 달러가 되었다.

그렇지만 아직까지 그 결과물을 내놓지 못하고 있었다.

뿐만 아니라 군대가 사용하는 예산만 해도 어마어마한 상태다.

물론 그렇게 들어간 예산이 모두 미국의 이득을 위해 사용된다는 것을 모르는 것은 아니다. 하나 그래도 현재 국방부가 사용하는 예산은 정말이지 말로 형언할 수 없을 정도로 많았다.

더욱이 국회에는 밝힐 수 없는 비밀 실험 예산도 있었기에 리노 국무장관의 입장에서는 이번 한국의 제안이 썩 달갑지만은 않았다.

"예산은 어떻게 할 것입니까? 의회에서 예산 사용에 승인해 줄 것이라고 생각하십니까?"

자신을 쏘아보는 리지 국방장관의 날카로운 눈빛에 리노 레이놀즈 국무장관도 지지 않으면서 그렇게 물었다.

그런 국무장관의 질문에 리지 국방장관도 할 말이 없었다.

미 의회는 해가 갈수록 국방에 들어가는 예산을 줄이고

있었다.

그런데 국방부에서 신형 장비를 들여오기 위해 예산을 집행하겠다고 한다면 의회에서 승인을 해 줄 것인지 그것이 불분명했다.

아니, 예산 신청을 기각할 것이 분명했다.

하지만 미군으로서는 이번 기회를 놓칠 수가 없었다.

만약 한국이 플라즈마 실드 발생장치를 다른 나라에, 아니, 중국에 판매를 한다고 한다면 미국으로서는 참으로 난감하게 된다.

한국이 아무리 미국과 혈맹이라고 해도 자국의 이익을 위해서라면 미국과 대립하고 있는 중국에 플라즈마 실드 발생장치를 판매할 수도 있는 일이기 때문이다.

"리노 장관도 보다시피 여기 한국은 한 나라에만 플라즈마 실드 발생장치를 판매하겠다고 했습니다. 만약 한국이 중국에 그것을 판매하게 된다면 앞으로 저희 미국은 크나큰 위협에 처하게 됩니다."

"겨우 그것 가지고 어찌 우리 미국이 위협을 겪는다는 말입니까?"

리노 국무장관은 말도 되지 않는다는 듯 리지 국방장관의 말을 받았다.

하지만 리지 국방장관은 리노 국무장관의 말에 지지 않고 자신의 생각을 역설했다.

"현재 주춤하고 있기는 하지만 국내 방위산업체는 국가의 발전을 위해 노력을 하고 있습니다. 하지만 중국이 플라즈마 실드 발생장치를 이용한 전차나 장갑차는 생산하게 된다면 국내 전차와 장갑차를 생산하는 업체는 도산하고 말 것입니다."

리지 장관은 한국이 판매하려는 플라즈마 실드 발생장치를 자국 군인들이 상용할 장비에 국한하지 않고 중국이 전차나 장갑차를 생산해 그것을 외국에 판매하는 것에 대하여 예를 들었다.

세계 무기 시장에서 전차나 장갑차에 관해서는 미국과 독일 그리고 러시아가 거의 독점을 하듯 판매를 하고 있었다.

그중 고가의 중전차에 관해서는 미국과 독일이, 그리고 미국과 독일에 비해 가격 대비 성능이 뛰어난 전차를 원하는 국가에서는 러시아의 전차를 선호했다.

그런데 요즘 중국의 전차도 만만치 않게 등장하고 있었다.

그러한 때 중국의 전차가 플라즈마 실드란 것을 장착하

고 나타난다면 이는 경쟁 상대가 없는 막강한 존재가 된다.

가격을 떠나서 파괴 불가의 전차가 나타나는 것이다.

만약 그것을 중동과 아프리카의 테러단체들이 구입을 하게 된다면 어떤 일이 벌어질지 상상이 가지 않았다.

지금도 석유를 판 돈으로 각종 무기를 구입해 미군들을 괴롭히고 있는데, 만약 그런 전차를 테러조직이 구입하여 군대를 만든다면 답이 없었다.

최강의 전차라 떠들고 있는 자국의 M1A3 전차도 상대가 되지 않을 것이 분명했다.

리지 장관의 말을 들은 리노 국무장관은 경악을 하였다.

자신은 국정 운영에 들어가는 예산을 생각해 그런 말을 한 것이다.

현재로서도 미군의 전력은 세계 최강이다.

그렇기에 비록 플라즈마 실드 발생장치가 획기적인 물건이고, 또 그것으로 인해 많은 군인들이 생명의 위협에서 벗어날 수 있을 것이다. 하지만 지금으로도 충분하다고 생각을 했는데, 만약 그런 물건이 테러범의 손에 들어갔을 때를 생각지 못했다.

"음……."

"헉! 그렇게 된다면……."

NSC회의장에 있던 모든 사람들은 리지 오스왈도 국방 장관의 이야기를 듣고 그것을 상상을 하다 진저리를 쳤다.

그럴 수밖에 없는 것이 테러조직에 그런 물건이 들어가게 된다면 자신들은 테러범들을 막을 방법이 없었다.

아니, 있기는 하지만 정작 그 물건을 쓸 수가 없었다.

만약 그것을 사용하게 된다면 상대도 그 물건을 상용할 것이기 때문이다.

한 번이 어렵지, 전례가 만들어진다면 어느 나라든 적대국에 핵을 사용할 것이 분명하기 때문이다.

미국이 상대하고 있는 테러 단체의 자금력은 웬만한 국가의 예산을 초과한 상태다.

말이 테러 단체지 그들은 군대도 조직하고 있었다.

그리고 그들은 자신들의 단체를 테러 조직이 아닌 국가라 부르고 있었다.

IS(Islamic State: 이슬람 국가)라 명명하고 있었다.

하지만 행동은 국가의 행동이 아닌 전형적인 테러 조직의 행동을 하고 있었다.

마을을 습격하고 자신들의 지시를 따르지 않으면 잔인하게 학살을 저질렀다.

그러면서도 그들은 자신들의 행동을 성전이란 이름으로

포장을 하였다.

　같은 이슬람 국가들도 인정하지 않는 조직이 그들이다.

　그러다 보니 그들의 행동은 더욱 잔인해져만 갔다.

　그래야 적들이 자신들을 두려워하고 공격을 하지 않을 것이라 믿기 때문이다.

　미국은 그런 자들과 지금도 전투를 벌이고 있었다.

　그러니 방금 전 리지 국방장관의 말을 농담만으로 들을 수가 없었다.

　정말로 중국은 돈만 된다면 그 무엇도 팔아 치울 작자들이었다.

　중국인들은 이코노믹 에니멀(Economic Animal : 경제동물)이라 불리던 일본인들보다 더 지독했다.

　인간의 존엄은 무시하고 돈을 위해서 양주에 공업용 알코올을 사용하거나 아기가 먹는 분유에 농약에 오염된 농작물을 사용하기도 했다.

　그로 인해 많은 사람들이 생명을 잃거나 기형이 되었다.

　돈을 위해서 양심을 팔아먹은 존재가 바로 중국인들임을 잘 알고 있는 이들이니 리지 장관의 말이 심각하게 다가왔다.

　"이번 잘못도 있고 하니 한국을 달래 주는 입장에서라도 아니, 우리 미국의 젊은이들을 위해서라도 꼭 우리가 그것을 전량 들여와야 한다고 생각합니다."

리지 오스왈도 국방장관은 그렇게 자신의 생각을 강력하게 주장을 하였다.

그리고 이번에는 리노 레이놀즈 국무장관도 반대 의견을 내지 않았다.

NSC위원들의 표정들이 모두 리지 오스왈도 국방장관의 말에 동조를 하는 것 같자 존 슈왈츠 대통령이 선언을 하듯 회의를 마감하였다.

"모든 위원들의 표정을 보니 모두 국방장관의 말에 동조를 하는 것 같으니 그건 우리 미국이 들여오기로 하지. 리노 장관은 내일 아침에 공화당 의원들을 불러 주시오. 공화당 의원들은 내가 설득을 하겠소. 그리고 민주당 쪽 상임의원들과도 오후에 약속을 잡아 주시오."

의견이 통합되자 존 슈왈츠 대통령은 일사천리로 일을 추진하였다.

늦은 시각이지만 대통령의 명령에 NSC위원들은 신속하게 각자 역할에 맞게 업무를 분배하였다.

8.
미국과의 협상

삼청각 후원 수한은 할아버지인 정대한 회장과 함께 자리하였다.

수한이 이 자리에 있는 것은 국정원으로부터 연락을 받은 정대한이 연구소에 있던 수한을 불러 함께 누군가를 만나기 위해서다.

아직까지 오늘 만나기로 한 호스트가 누구인지 모르고 있지만 국정원에서 온 호출이기에 호스트가 누군지 말을 하지 않아도 짐작할 수 있었다.

더욱이 이곳 삼청각은 오래전부터 정관계 인사들의 비밀 회담 장소로 유명한 곳이다.

3공화국 때에는 중앙정보부에서 비밀리에 운영하기도 했다가 나중에 문민정부가 들어서면서 정부부처에서 이런 시설을 운영한다는 것은 밀실 정치를 하는 것으로 비춰질 수 있다는 이유로 민간에 시설을 팔아 버렸다.

하지만 이건 겉으로 드러난 것이고, 사실은 계속해서 안기부가 비밀리에 운영을 하였고, 또 안기부가 해체된 후 국정원으로 개칭되면서 지금에 이르렀다.

즉, 아직도 은밀하게 정관계 인사들의 비밀회담을 녹취하고 그들을 감시하고 있다는 것이다.

이러한 사실을 알고 있는 정관계 인사들은 이곳을 꺼려해 새로운 장소를 찾지만, 어차피 그들이 찾을 정도의 고급 요리집은 거의 대부분 국정원과 연관이 돼 있는 곳들이었다.

아무튼 정대한 회장도 그렇고, 수한도 이곳이 어떤 곳인지 잘 알고 있기에 오늘 자신들을 초대한 호스트가 누구인지 짐작하는 것이다.

"할아버지, 무슨 일로 저희를 부르는 것일까요?"

수한은 조심스럽게 옆자리에 앉아 있는 정대한을 보며 물었다.

그런 손자의 질문에 정대한은 잠시 생각을 하다 대답을

하였다.

"아마도 며칠 전에 말했던 파워슈트 때문이 아닌가 생각한다."

정대한의 대답에 수한도 그 생각을 하였다.

하지만 그 문제만이라면 굳이 이곳에 자신과 할아버지를 같이 부를 이유가 없지 않나라는 생각을 하였다.

무언가 또 다른 이야기가 있을 것만 같았다.

그런데 그것이 무엇인지 아직 짐작할 수가 없어 머릿속이 무척이나 복잡하였다.

가뜩이나 연구 중인 인공지능의 끝마무리에서 계속 오류가 나고 있어 답답한 상황에서 이렇게 불려 오는 것이 여간 불쾌한 게 아니다.

솔직히 전생의 맹세와 자신을 키워 준 양할아버지인 혜원의 부탁만 아니었다면 이렇게까지 하지는 않았을 것이다.

사실 수한은 환생을 하고 지구에 적응하면서 자신의 능력을 자각하게 되었다.

그러면서 서서히 전생의 대마도사였을 때의 자신에 대한 자부심이 자라기 시작하였다.

전생에 인간은 물론이고 유사인종 중에서도 전인미답의 경지에 올랐던 그였다.

그런데 환생을 하면서 과거 철학자들의 사상을 공부하면서 수한은 지고의 경지에 올랐다.

더욱이 지구에 수한은 유일하게 마법을 사용할 수 있는 위자드였다.

과학이 아무리 발전을 하였다고 하나, 수한이 보기에 그 혼자 감당할 수 있을 정도다.

물론 핵과 같은 물건은 수한이라도 함부로 단정할 수 없는 물건이기는 하다.

그래서 조심을 하기는 하지만, 어찌 되었든 조금은 오만했던 전생의 성격이 조금씩 흘러나오기 시작하는 수한인데, 이렇게 누군가가 불렀을 때 그에 아무런 선택의 권한도 없이 불려 와야 하는 것이 솔직히 마음에 들지 않았다.

그런 수한이 이 자리에 나와 있는 것은 현생의 가족들 때문이었다.

현생에 적응을 하면서 아무리 전생보다 이곳이 과학이 발전하고 또 자유가 폭넓게 실현되고 있다고 해도 인간의 사회라는 것이 겉모양만 다를 뿐이지 똑같다는 것을 깨달았다.

그러니 이 자리에 와서도 가만히 자리에 있는 것이다.

수한이 이렇게 조금 불만이 있는 상태로 조용히 자리에

있은 지 얼마나 되었을까. 방문이 열리며 국정원장인 김세진 원장이 들어왔다.

"이거 제가 좀 늦었습니다."

김세진 원장은 실내로 들어오며 사과를 먼저 하였다.

정부 고위 관료가 이례적으로 사과를 하는 모습은 참으로 보기 힘든 광경이었다.

"아닙니다. 저희도 조금 전에 도착했습니다."

정대한 회장은 김세진 국정원장의 사과에 의례적으로 사과를 받으며 답변을 했다.

하지만 사실은 정대한과 수한이 이곳에 도착한 것은 30분도 더 되었고, 이러한 사실은 방금 들어온 김세진 원장도 잘 알고 있는 사실이었다.

"그런데 무슨 일로 원장님이 저희를 부른 것입니까?"

정대한 회장은 자신들을 부른 이유를 김세진 원장에게 물었다.

그런 정대한 회장의 질문에 김세진 국정원장은 조심스럽게 대답을 하였다.

"오늘 정대한 회장님과 정수한 박사를 초대한 것은 제가 아니라……."

김세진 국정원장은 말을 하다 말고 손가락으로 위를 가

리켰다.

그의 손가락질에 잠시 그의 손가락이 향하는 곳을 쳐다보다 말고 고개를 갸웃거렸다.

그러다 무슨 생각이 들었는지 정대한의 눈이 커졌다.

"설마……."

"정 회장님이 파란 기와를 생각하셨다면 맞습니다."

김세진 원장은 정대한 회장의 말에 은유적으로 오늘 초대한 사람이 윤재인 대통령이란 것을 밝혔다.

대통령이 이곳으로 자신들을 불렀다는 것을 깨달은 정대한은 참으로 깜짝 놀랐다.

자신들을 부르려면 굳이 이곳이 아니라 청와대로 부르면 될 것인데 이곳으로 부른 이유를 알 수 없었기에 더욱 놀란 것이다.

정대한이 그렇게 놀라고 있을 때 김세진 국정원장은 시계를 들여다보다 말을 하였다.

"5분 뒤면 각하께서 도착하실 겁니다."

"아, 예!"

김세진 국정원장이 방에 도착하고 얼마 안 있어 방에 상이 들어왔다.

하지만 어느 누구도 음식에 손을 대지는 않았다.

그도 그럴 것이 아직 이 자리에는 가장 중요한 사람이 도착하지 않았기 때문이다.

"대통령께서 도착하셨습니다."

문 밖에서 누군가 대통령이 도착했다는 것을 알렸다.

대통령이 도착했다는 소리에 자리에 있던 모든 사람들이 일어나 방문을 향했다.

이때 국정원장은 도착하는 대통령을 맞이하기 위해 밖으로 나갔다.

조금 뒤 그렇게 나간 김세진 국정원장의 안내를 받으며 윤재인 대통령이 방으로 들어왔다.

방 안으로 들어서는 대통령을 보며 정대한과 수한은 조용히 고개를 숙였다.

"반갑습니다. 예가 아닌 줄은 알지만 정 회장님과 여기 정 박사님께 제안 할 것이 있어, 이곳을 약속 장소를 정했습니다."

윤재인 대통령은 방에 들어서기 무섭게 정대한 회장을 보며 그렇게 말을 하였다.

"아닙니다. 대통령님께서 부르신다면 가야지요."

"자! 앉읍시다. 앉아서 이야기를 하지요."

대통령은 일단 자리를 권하며 자리에 앉았다.

그리고 대통령이 자리에 앉자 각자 자기의 자리에 앉기 시작하였다.

"국가 발전에 불철주야 노력하시는 정대한 회장님과 우리 정수한 박사의 건강을 위해 건배를 하지요."

윤재인 대통령은 뭐가 그리 기분이 좋은지 실내로 들어온 내내 입가에 미소가 그치지 않았다.

그리고 자리에 앉기 무섭게 정대한과 수한에 대한 건배를 제의하였다.

그런 윤재인 대통령의 말에 국정원장도 아무런 말없이 잔을 들었다.

호스트인 대통령과 국정원장이 그렇게 말을 하니 정대한이나 수한도 따라서 잔을 들 수밖에 없었다.

'이게 무슨 도깨비놀음인가?'

정대한 회장은 지금 뭐가 어떻게 돌아가는지 모르겠지만 결코 자신들에게 나쁜 일은 아닌 것 같아 마음이 놓였다.

중요한 자리이기는 하지만, 술잔이 한차례 돌고 분위기가 조금은 차분해지자 윤재인 대통령이 본격적으로 이야기를 꺼냈다.

"제가 정 회장님과 정수한 박사를 이곳으로 부른 것이 궁금하시죠?"

조금 전 떠들썩했던 것과 다르게 차분하게 말을 꺼내는 대통령의 모습에 정대한과 수한이 몸을 바르게 하며 귀를 기울였다.

"얼마 전에 제가 정대한 회장님께 부탁을 했었죠?"

"⋯⋯?"

정대한 회장은 느닷없는 대통령의 말에 의문 부호를 떠올렸다.

하지만 곧 그가 무슨 말을 하는 것인지 깨달을 수 있었다.

"대한민국 최정예 엘리트 부대를 만들기 위해서 필요한 물건이 있다고 말입니다."

'파워슈트.'

대통령의 필요한 물건이란 말에 정대한은 바로 머릿속에 파워슈트를 떠올렸다.

이미 그 이야기는 수한에게 확답을 듣고 바로 대통령에게 보고를 했었다.

수한이 조건만 맞으면 대통령의 부탁대로 군에 파워슈트를 보급하겠다고 말이다.

하지만 그 뒤로 어떤 일이 있었는지 그는 알지 못했다.

손자와 대통령이 협상을 벌였을 것이란 것만 짐작할 뿐

이다.

"제가 구상한 특수부대를 완성하기 위해 정수한 박사가 개발한 파워슈트가 꼭 필요하다는 보고를 받고 재원을 마련하기 위해 생각을 했는데 말입니다."

윤재인 대통령은 조용히 말을 하다 잠시 뜸을 들이며 정대한과 수한을 쳐다보았다.

그리고는…….

"현재 대한민국의 여건상 그 부대의 존재를 숨기며 재원을 마련할 방법이 없습니다. 그래서……."

대통령은 대한민국의 정부의 현실에 대해 말을 하다 생각지도 못했던 제안을 하였다.

"내 듣기로 정수한 박사께서 육군의 신형전차에 들어가는 핵심 장치를 개량을 했다고요?"

"예, 얼마 전에 완성을 하였습니다."

수한은 대통령의 말에 무엇을 말하는 것인지 바로 알아들었다.

사실 그 정보는 수한이 국정원에 있는 지킴이 회원에게 흘린 것이다.

자연스럽게 자신이 어떤 물건을 만들었는지 정부가 알게 하기 위해서다.

플라즈마 실드 발생장치와 다운 그레이드 된 플라즈마 실드 발생장치 두 개를 천하 컨소시엄에서 개발했다면 분명 정부에서는 그것을 활용할 방법을 모색할 게 분명했다.

플라즈마 실드 발생장치가 비록 국가 전략물자로 묶이기는 했지만, 그 다운 그레이드 기술이 완성되었다면 충분히 전략적으로 이용할 수 있기 때문이다.

비슷한 물건으로 성능이 떨어지는 물건도 있다고 하면 충분히 외국에 수출을 할 계획을 잡을 것이 분명했다.

이건 그 기술을 개발한 천하 컨소시엄이나 대한민국 정부 양쪽 모두에 이익이 되는 일이기 때문이다.

아니나 다를까. 그 정보를 흘린 지 얼마 지나지 않아 이렇게 반응이 온 것이다.

"그렇기는 하지만 국가 전략물자인데 아무리 다운 그레이드를 했다고 하지만 함부로 수출을 할 수는 없지 않겠습니까?"

수한은 이미 생각을 하고 있으면서 짐짓 걱정을 하듯 말을 하였다.

그런 수한의 말에 김세진 국정원장이 대답을 하였다.

"그렇기 때문에 각하께서는 엄선된 국가에만 다운 그레이드 된 플라즈마 실드 발생장치를 판매하려고 하는데, 정대한 회장님께서는 어떻게 생각하십니까?"

질문을 한 것은 수한이었지만, 김세진 국정원장은 대답을 하다 말고 시선을 돌려 정대한 회장에게 도리어 질문을 하였다.

그도 그럴 것이 아무리 천하 컨소시엄에서 플라즈마 실드 발생장치를 생산한다고 하지만 그 모기업은 천하 디펜스였고, 그 모든 것을 포괄하는 그룹이 바로 천하그룹이다.

그런 천하그룹의 회장이 정대한이기에 그에게 질문을 하는 것이다.

질문을 받은 정대한은 잠시 자신의 손자를 돌아보며 눈이 커졌다.

'설마 이 모든 것을 예상한 것이란 말인가?'

지금 김세진 원장이 질문을 하는 것은 사실 며칠 전 파주 연구소에 갔을 때 수한에게 들었던 이야기였다.

천하 디펜스의 회장인 둘째 아들에게 플라즈마 실드 발생장치의 다운 그레이드 기술이 완성되었다는 보고를 받았을 때 언뜻 그런 이야기를 들었다. 마침 대통령의 부탁으로 파주 연구소에 들렸을 때 어떤 계획을 가지고 있는 것인지 알아보기 위해 수한과 많은 이야기를 했다.

그런데 지금 그때 들었던 것처럼 대통령이 제안을 해 오자 깜짝 놀랐다.

"정부에서는 그것을 외국과의 외교협상에서 전략 카드로 활용하시겠다는 말씀이십니까?"

이야기를 듣고 있던 수한이 먼저 입을 열었다.

"아!"

수한의 물음에 윤재인 대통령은 물론이고, 김세진 국정원장도 자신들이 생각지도 못했던 부분을 수한이 물어 오자 자신도 모르게 감탄성을 질렀다.

정말로 수한의 말대로 다운 그레이드 된 플라즈마 실드 발생장치의 판매하는 것을 가지고 협상 카드로 활용을 한다면 외교적으로 많은 성과를 거둘 것이 분명했기 때문이다.

그런 생각이 들자 윤재인 대통령은 물론이고 김세진 국정원장의 눈도 반짝반짝 빛나기 시작하였다.

대통령과 국정원장의 그런 모습을 지켜보는 정대한 회장도 새로운 눈으로 자신의 손자를 돌아보았다.

자신의 손자는 머리만 똑똑한 것이 아니라 사업적으로도 타의 추종을 불허하는 존재란 것을 이제야 알게 되었다.

수한의 질문으로 인해 열기가 끓어오르기 시작한 실내는 조금 전까지 간간히 돌던 술잔도 내려놓여지고 회의장 분위기로 연출이 되었다.

간단하게 술자리를 가지며 SA부대에 보급할 파워슈트의 재원 마련을 위한 협상을 하려던 자리는 수한의 말 한마디로 인해 국가 외교 전략을 구상하는 자리가 되어 버렸다.

◈   ◈   ◈

팡! 팡! 팡!

인천 국제공항 로비에 많은 기자들이 모여 카메라를 찍고 있었다.

미 국무장관인 리노 레이놀즈가 방한을 하였기 때문에 지상파 방송국 기자들은 물론이고 종편 등 뉴스 전문 케이블 방송국에서도 기자들이 모여들었다.

"장관님! 무슨 일로 방한을 하신 것입니까?"

"이번 방문이 혹시 한국의 차세대 전차인 백호와 연관이 있다는 소문이 있던데 그 말이 사실입니까?"

모여든 기자들의 중구난방식의 질문을 받으면서도 리노 레이놀즈 국무장관은 간단한 대답만 하고 민감한 질문에 대해선 일절 대답을 하지 않으며 기자들 속을 통과하였다.

"장관님, 이쪽으로 오시지요."

대사관 직원이 나와 리노 장관을 안내하였다.

공항을 빠져나와 대기하고 있던 차에 오른 리노 장관은 주머니에서 손수건을 꺼내 이마에 흐르는 땀을 닦으며 중얼거렸다.

"확실히 한국 기자들은 힘들어."

작게 중얼거린 것이지만 차 안에 있던 사람들은 모두 그 말을 들을 수 있었다.

아닌 것이 아니라 전 세계 어디를 가나 기자들이란 참으로 골치 아픈 존재였는데, 특히나 한국의 기자들은 그들의 민족성 때문인지 무척이나 열정적이다.

그러다 보니 때로는 과격 시위대 보다 더 과격할 때가 있었다.

그때가 어떤 때냐 하면 바로 특종을 노릴 때였다.

특종이란 기자들에게 훈장과도 같은 것인데 그것을 쟁취하기 위해서라면 어떤 짓도 마다하지 않는 것이 기자들이다.

그런데 한국의 기자들은 그 정도가 너무도 심했다.

그 때문에 한국을 방문하면 이렇게 전쟁을 하듯 그 속을 지나야 했다.

기자들을 피해 차까지 도착하느라 진이 빠진 리노 국무

장관은 이마에 흐르던 땀을 닦고 자신을 마중 나온 대사관 직원에게 물었다.

"약속은 잡았나?"

"예, 바로 청와대의 미스터 윤과 면담이 잡혀 있습니다."

대사관 직원은 리노 국무장관의 질문에 그가 어떤 것을 물어보는 것인지 알고 바로 대답을 하였다.

그런데 대사관 직원의 말 중에 참으로 외교적으로 실례되는 단어가 있었는데, 그것은 대한민국의 대통령인 윤재인을 그는 미스터 윤이라 하였다.

언뜻 듣기에 별 문제 없어 보일 수도 있지만 외교적으로 한 국가의 수장을 그렇게 일반 사람 부르듯 호칭을 하는 것은 크나큰 결례였다.

하지만 차 안에 있던 어느 누구도 그의 단어 선택에 제재를 하지 않았다.

그건 이 안에 있는 모두가 대한민국 대통령을 그렇게 생각하기 때문이다.

대통령을 뜻하는 프레지던트라는 단어를 사용하지 않고 미스터라는 호칭을 붙이는 것은 이들이 한국이란 나라를 그만큼 하찮게 생각을 하는 것이다. 그동안 한국이 미국에 어떤 존재였는지 알 수 있는 대목이었다.

물론 이건 이들끼리 있을 때만 하는 행동이기는 하지만 그만큼 이들의 머릿속 깊은 곳에 한국은 미국이 외교를 하는 나라들 중 낮은 레벨에 속한 나라라는 것이다.

"어서 오십시오."

윤재인 대통령은 회담장 안으로 들어서는 리노 레이놀즈 미 국무장관을 보며 그렇게 인사를 하였다.

"프레지던트 윤! 반갑습니다."

리노 레이놀즈 국무장관도 윤재인 대통령의 인사에 마주 인사를 하였다.

그렇게 서로 인사를 하고 또 가벼운 안부도 물어보며 회담을 시작하였다.

이례적인 말이 몇 번 오간 뒤 본격적으로 한국과 미국의 협상이 벌어지기 시작했다.

윤재인 대통령은 우선적으로 미국이 CIA특수요원들을 보내 대한민국의 전략물자를 노린 것에 대한 항의부터 하였다.

"우리 대한민국과 동맹인데 어떻게 그럴 수 있습니까? 더욱이 중국에서 들어온 중국 특수부대를 막기 위해 도움을 청했는데……."

윤재인 대통령은 말을 하다 말고 리노 레이놀즈 국무장관을 보며 그렇게 성토를 하였다.

이야기를 듣고 있던 리노 리이노르 국무장관은 윤재인 대통령의 표정을 보며 자신도 모르게 표정이 굳었다.

분명 한국으로 출발하기 전 사전에 한국이 어떻게 나올 것인지 예상은 하고 있었지만 그 정도가 생각보다 더 강하였다.

더욱이 분위기가 자신들이 예상한 것과 다르게 상당히 달랐다.

사실 국무부 직원 중 차장급으로 아무나 보내도 될 문제를 한국을 압박하기 위해 회담에 자신이 직접 나섰다.

미 국무장관이란 자리는 막말로 미국의 이인자다.

직책으로 부통령이 있기는 하지만, 그건 말 그대로 대통령 유고 시 대통령의 업무를 대행할 존재일 뿐이고, 평소에는 국무장관이 행정부 일을 주도적으로 처리한다.

즉, 다른 나라의 총리와 같은 자리인 것이다.

그런 자신을 대하는 한국의 대통령의 지금 태도는 참으

로 이례적이고 또 강경한 모습이라 리노 레이놀즈를 당황하게 만들고 있었다.

하지만 총칼은 없지만 전쟁터보다 더 냉혹한 곳이 바로 정치판이다.

그런 곳에서 살아남아 국무부의 수장인 국무장관이 된 그이기에 바로 신색을 정비하고 대답을 하였다.

"뭔가 착오가 있었을 것입니다. 당시 저희 요원들은 한국 국정원의 요청대로 지원을 나갔습니다. 다만 당시 현장에 알 수 없는 이유로 현장과 본부 사이에 무전이 단절이 되었습니다."

리노 장관은 윤재인 대통령의 추궁에 오리발을 내밀었다.

아니, 그럴 수밖에 없는 것이 현재 그의 입장이었다.

하지만 윤재인 대통령으로서는 칼자루를 쥐고 있는 상태였다.

사건의 전말을 알고 있는 그로서는 쉽게 이런 유리한 카드를 포기할 생각이 없었다.

더욱이 뒤에 있을 협상을 위해서라도 더욱 강력하게 리노 장관을 압박하였다.

"이것을 보시죠. 당시 현장에 찍힌 블랙박스입니다."

이런 일이 있을 것을 사전에 계획하였기에 당시 플라즈마 실드 발생장치를 싣고 있던 수송 차량에는 블랙박스가 장착되어 있었다.

그러니 그 수송 차량에 있던 블랙박스에 당시 상황이 고스란히 찍혀 있었다.

블랙박스 영상이 돌아가고 한국을 돕기 위해 출동했다는 CIA요원들이 도움이 필요한 수송대가 위급한 상황에서도 현장에 나타나지 않고 있었다.

그러다 한국의 요원이 중국과 일본의 특수요원들을 제압한 뒤에도 숨어 있다가 제압되는 모습이 여실히 나타났다.

그제야 리노 장관은 일이 자신들이 생각하는 방향대로 흘러가지 않을 것 같은 예감을 하였다.

'제기랄!'

정말로 리노 국무장관의 입장에서 욕이 저절로 나오는 상황이었다.

협상을 하기 위해 나온 자리에 상대에게 약점이 잡힌 상태로 한발 물러나 협상을 벌여야 하게 생겼으니 당연한 것이었다.

"현장 요원이 어떤 이유로 저런 판단을 했는지 모르겠지만 일단 일이 이렇게 된 것에 유감이라 생각합니다."

리노 국무장관은 화면을 보고 모든 잘못을 현장 지휘관의 잘못으로 몰아갔다.

"그렇게 말씀하시면 안 되지 않습니까? 유감이 아니라 '미안합니다'가 맞는 표현인 것 같습니다. 제 생각은 그런데 장관님 생각은 어떻습니까?"

평소와 다르게 윤재인 대통령은 이번 문제를 확실하게 짚고 넘어가야 한다고 생각했기에 리노 국무장관이 유감이라 한 표현에 이의를 제기하였다.

자신들이 잘못을 했으면서 사과를 하지 않고 미안하게 생각한다 정도로 미온적 태도를 보이는 것에 화가 나 직접적으로 표현을 하였다.

그런 윤재인 대통령의 모습에 리노 레이놀즈 국무장관은 그가 역대 한국의 대통령들과 다르다는 것을 바로 인식할 수 있었다.

회담장은 처음 만났을 때의 화기애애한 모습과는 180도 다르게 팔한지옥과도 같이 차가워졌다.

리노 레이놀즈 국무장관은 미국이 끝까지 피하고 싶은 문제를 협상 초기에 꺼내는 것에 적잖이 당황하였다.

예상과 다른 윤재인 대통령으로 인해 이번 협상이 많이 힘들어질 것이란 생각이 들었다.

'이거 생각보다 많은 것을 한국에 양보를 해야 할 것만 같군!'

리노 레이놀즈는 윤재인 대통령의 모습에서 자신이나 행정부의 예상과 다르게 그가 무척이나 깐깐하고 또 외교 협상에 대하여 무척이나 능숙하다는 판단을 내렸다.

미국으로서 가장 껄끄러운 문제를 협상 전에 꺼냄으로써 자신들이 협상의 우위를 점하는 모습만 봐도 알 수 있었다.

집고 넘어갈 것은 확실하게 짚고 넘어가겠다는 윤재인 대통령의 모습에 어쩔 수 없이 사과를 하였다.

"프레지던트의 말씀을 듣고 보니 그 말씀이 맞는 이야기군요. 죄송합니다."

레이놀즈 국무장관은 자리에서 일어나 고개를 숙이며 사과를 하였다.

이렇게 함으로써 조금 전과는 다른 분위기가 마련되면서 일을 질질 끌지 않고 다음으로 넘어갈 수 있었다.

그리고 그의 예상대로 미국 측의 사과가 있고 난 뒤에야 윤재인 대통령도 더 이상 그 문제를 언급하지는 않았다.

"그런데 정말로 플라즈마 실드 발생장치를 저희 미국에 판매를 하시겠다는 제안이 사실입니까?"

리노 리이놀즈 국무장관은 단도직입적으로 물었다.

그럴 수밖에 없는 이유는 방금 언급한 플라즈마 실드 발생장치가 대한민국이 전략물자로 묶어 두고 외국에 수출을 하지 못하게 한다는 것을 잘 알고 있었다.

사실 미국도 국가 방위에 위협이 되는 물건은 국가방위 전략 차원에서 수출을 금하고 있었다.

좋은 예로 F—22랩터 전투기를 들 수 있었다.

세계 최강의 스텔스 전투기인 F—22는 미국이 이전 제공권 제압을 목적으로 했던 F—15가 다른 국가의 신형전투기에 의해 그 비교 우위 전력을 상실한 것을 전제로 모든 국가의 전투기를 상대로 제공권을 확보하기 위해 개발된 전투기다.

전투기 개발 선진국에서는 이런 F—22에 대응하기 위한 전투기를 개발하기 위해 많은 노력들을 하였지만 아직까지 일대일로 F—22와 맞대응 할 수 있는 전투기는 나오지 않고 있다.

아무튼 이렇게 세계 각국은 자국의 전력 우위를 위해 또는 자국의 안보를 위해 자국에서 생산된 물건에 대하여 전략적 금지 품목으로 제한을 두고 있다.

굳이 군사 무기가 아니더라도 군사 목적에 유용이 될 수 있는 품목이면 모두 포함이 되었다.

대한민국도 그런 취지에서 플라즈마 실드 발생장치를 전략 품목에 넣고 외국과의 거래를 금지시킨 것이다.

그런데 천하 컨소시엄에서 플라즈마 실드 발생장치의 다운 그레이드 기술이 완성되었기에 그 다운 그레이드 된 플라즈마 실드 발생장치를 가지고 협상을 하려는 것이다.

"대한민국의 연구진들에 의해 이전 플라즈마 실드 발생장치의 약점을 개량했기에 수출을 허가하기로 했습니다. 다만 수출하는 나라는 엄격하게 적용하려고 합니다. 그래서 우선 협상으로 우리 대한민국의 동맹인 미국을 우선으로 선택하였는데, 협상이 결렬이 된다면 차선으로 다른 나라와 협상을 할 것입니다."

윤재인 대통령은 이렇게 리노 레이놀즈 국무장관을 어르고 달래며 노련하게 협상을 대한민국에 유리하게 이끌었다.

한편 리노 레이놀즈 국무장관은 계속해서 주도권을 빼앗긴 채 윤재인 대통령이 하는 이야기를 들을 수밖에 없었다.

사실 미국이 플라즈마 실드 발생장치를 탈취하려다 CIA 처리팀이 국정원에 붙잡히면서 주도권은 미국이 아닌, 대한민국에 있었다.

다만 이런 사실을 초강대국 미국은 인정하지 않고 예전처럼 대한민국이 자신들에게 꼬리를 내릴 것이란 안일한 생각이 이런 결과를 만들었다.

더욱이 플라즈마 실드 발생장치를 대한민국이 수출을 할 첫 번째 나라로 미국을 선택했다는 사실이 알려지면서 미국 의회에서는 전쟁을 멈추고 어떻게든 그것을 미국에 가져오기를 희망했다.

그래서 의례적으로 의회에서 국방부의 구입 예산 요청을 승인하였다.

그런데 만약 협상이 결렬되어 그것이 무산이 된다면 리노 본인은 정치 인생을 마감해야 할지도 몰랐다.

전장에 나가 있는 청년들의 생명을 구한다는 명목으로 마련된 예산이다.

그런데 자신이 협상을 잘못해 장병들의 목숨을 구할 물건을 구입하지 못했다고 한다면 결과가 어떻게 나올지는 보지 않아도 충분히 결과를 예상할 수 있는 일이다.

그렇다 보니 미국으로서는 대한민국과의 협상에서 끌려갈 수밖에 없었다.

리노 레이놀즈 국무장관은 이렇게 협상에 끌려가는 것이 너무도 피곤했다.

윤재인 대통령의 제안에 미국이 대한민국의 요구에 응하겠다는 말을 하고 이렇게 1차 협상은 끝났다.

내일 있을 2차 협상부터는 대통령이 아닌 실무자들이 모여 구체적인 세부사항을 논의하기로 하였다.

플라즈마 실드 발생장치 한 대당 얼마의 가격을 책정할 것인지 그리고 구입할 수량과 시기 등을 조율할 것이다.

◈　　　◈　　　◈

헌트 그랜드 호텔 파인 홀.

한미 협상 2차는 청와대가 아닌 헌트 호텔에서 하게 되었다.

사실 어제 1차 협상을 청와대에서 한 것도 이례적인 일이라 하지 않을 수 없었다.

다만 플라즈마 실드 발생장치가 그만큼 중요한 것이기에 대통령이 직접 나서서 협상을 하게 되었다.

그런데 대통령이 협상장으로 이동하는 것이 안전상 원활하지 않다는 판단에 청와대에서 협상장을 마련한 것이다.

막말로 치안이 잘된 대한민국이라고 하지만 한국을 방문하는 외국인들이 무척이나 많았다.

그런 외국인들 중 미국 국무장관과 대한민국 대통령이 일반인이 접근할 수 있는 호텔에서 회담을 한다면 목숨을 걸고 테러를 할 테러범들이 있을 수도 있었다.

그렇게 된다면 안전을 100% 확신할 수 없다.

그렇기에 고심 끝에 1차 협상은 안전상의 문제로 청와대에서 하게 된 것이다.

그리고 협상은 원만하게 진행이 되어 2차 세부 협상으로 진행이 되어 이렇게 헌트 호텔에서 실무자들이 협상을 하기에 이른 것이다.

물론 실무자라고 해도 협상의 주체가 플라즈마 실드 발생장치이기에 정부부처의 아무나 나온 것이 아니다.

국가 안보와 관련된 물품의 외부 거래 협상을 위한 것이라 특이하게도 대한민국 협상 대표로는 국정원장인 김세진 원장이 참석했다.

사전에 대통령과 의논을 하고 결정된 것이기에 김세진 국정원장이 나섰다.

그리고 그는 사전에 천하 컨소시엄의 대표로 아니 플라즈마 실드 발생장치의 개발자이자 주체인 수한과 의논을 하여 이번 협상에서 대한민국이 최대한 유리하게 계약을 할 가이드 라인을 확정했다.

그 자리에는 대통령인 윤재인과 천하그룹 회장인 정대한도 자리하고 있었다.

자리에 있던 모든 이들이 대한민국이란 나라를 걱정하는 사람들이었기에 그날 허심탄회하게 플라즈마 실드 발생장치를 두고 미국과 어떻게 협상을 하고 미국으로부터 어떤 것들을 얻어 낼 것인지 논의하였다.

지금 협상 자리에 앉은 김세진 원장은 무척이나 비장하게 자신의 앞에 앉은 리노 레이놀즈 국무장관을 쳐다보았다.

이미 어제 있었던 대통령과의 협상 내용은 그도 들어 알고 있었다.

모든 것이 계획대로 진행이 되고 있었지만 계약서에 사인을 하기 전까지는 상황이 어떻게 변할지 아무도 몰랐다.

"그래서 한국이 원하는 것은 무엇입니까?"

리노 레이놀즈 국무장관은 미간을 찡그리며 김세진 원장을 쳐다보며 물었다.

장시간 계속되는 협상으로 인해 많은 스트레스를 받다 보니 저절로 인상이 찡그려진 것이다.

그런 레이놀즈 국무장관의 모습에 여유를 잊지 않은 김세진 원장은 미소를 지으며 대답을 하였다.

"F/A—18E/F슈퍼호넷 100대와 생산 라이센스를 원합니다. 물론 이. 라이센스에는 필요한 것은 저희가 개량할 수 있다는 조항이 있어야 하겠지요?"

김세진 국정원장은 이미 준비된 대로 대한민국이 필요한 것에 대하여 말을 하기 시작하였다.

그런데 최신 전투기도 아니고 개발된 지 30년이나 된 전투기를 요구하였다.

물론 김세진 원장이 요구한 슈퍼호넷이란 전투기가 30년이나 지난 모델이기는 하지만 그렇다고 그 성능까지 구닥다리는 아니다.

현존하는 함상 전투기 중에서 수위를 차지하는 전투기가 바로 슈퍼호넷이다.

항속거리나 작전 반경, 무장능력과 기동성 등 어느 것 하나 나무랄 것 없는 최고의 전투기이다.

다만 현대전에 요구하는 스텔스 성능이 현대 전투기 중 많이 미달이 될 뿐이다.

그런 전투기를 대가로 요구를 하는 것이 이해가 가지 않는 레이놀즈 국무장관이었다.

레이놀즈 국무장관의 입장에서는 슈퍼호넷을 요구한 것은 무척이나 반가운 내용이었다.

그렇지만 아무런 제재 없이 개량을 할 수 있는 조항은 마음에 걸렸다.

그 말은 슈퍼호넷에 들어가는 기술을 한국이 빼내 가겠다는 말이나 다름이 없었다.

물론 그 기술이 현대 최신 전투기 기술이라고 보기는 어렵지만 미국 입장에서 아까운 것은 아까운 것이다.

더욱이 한국인들의 머리와 손기술은 가끔 생각지도 못한 결과를 만들어 내기에 리노 레이놀즈 국무장관으로서는 신중하지 않을 수가 없었다.

"플라즈마 실드 발생장치의 대가로 전투기를 원한다면 충분히 내드릴 수 있습니다. 그렇지만 동의 없이 개량을 한다는 것은 무리한 요구입니다."

리노 레이놀즈 국무장관은 김세진 원장이 요구한 개량에 관해선 고개를 흔들었다.

하지만 김세진 원장은 그 문제에 관해서 절대로 양보할 생각이 없었다.

그동안 미국의 방해로 대한민국은 자체적인 전투기 생산을 위한 계획이 번번이 실패로 돌아갔다.

대한민국은 분단국가이며 또 전쟁이 끝나지 않은 휴전 상태의 국가이다.

그렇기 때문에 국가안보를 위해 한정된 국방예산에서 육, 핵, 공의 전력을 양성해야만 했다.

그래서 전력을 향상시키기 위해 자주국방을 외치며 군사 물자를 국산화에 노력을 하였다.

군 장비라는 것이 결코 싼 물건이 아니다.

미사일 한 발에 적게는 몇 천만 원에서 수억 원에 이르는 비싼 것도 있었다.

특히나 현대전의 핵심 전력인 전투기는 최소 수백억 원이나 하는 엄청 비싼 물건이다.

그 때문에 대한민국 정부는 어떻게든 구입비를 줄이기 위해 노력을 하였다.

그 일환으로 전투기 도입 사업을 하면서 선정 항목에 기술 이전을 집어넣고 협상을 하였다.

그렇지만 미국은 한미공조를 빌미로 비싸게 군사물자를 팔아먹으면서도 기술 이전에는 무척이나 인색하게 굴었다.

아니, 인색한 정도가 아니라 외국 기업이 기술 이전으로 협상을 하려고 하면 갖가지 명목으로 방해를 하거나 주한미군 철수라는 카드를 사용하며 대한민국 안보를 흔들었다.

한반도에 주한미군의 역할은 지대하다.

핵무장을 한 북한이 함부로 대한민국을 도발하지 못하는 것은 국군이 경계를 하는 것도 있지만 사실 들여다보면 미군이 한반도에 주둔을 하고 있기 때문이다.

초강대국 미국의 전력은 전 세계가 연합을 한다고 해도 쉽게 대응하기 힘들 정도의 막강한 전력을 가지고 있다.

아무리 어디로 튈지 모르는 북한이라고 해도 그런 미국을 함부로 도발할 수는 없다.

그러다 보니 미국이 주한미군을 철수한다면 한반도는 언제 어느 때 전쟁이 재발할지 모르는 화약 창고가 될 공산이 컸다.

이렇다 보니 정부는 눈물을 머금고 미국기업과 협상을 할 수밖에 없었다.

그러니 이번 기회에 김세진 국정원장이나 대통령은 조금 구식이기는 하지만 전투기 생산 기술을 익히려는 것이다.

한 치도 물러서지 않는 김세진 원장의 모습에 레이놀즈 국무장관도 속으로 혀를 찼다.

'젠장! 빌어먹을 옐로우 멍키, 빌어먹을 CIA!'

리노 레이놀즈 국무장관은 그렇게 속으로 앞에 앉아 있는 한국 대표와 일을 이 지경으로 만든 CIA에 대고 욕을 하였다.

언제 그가 외국에서 이런 대우를 받았던 적이 있겠는가. 그런데 다른 나라도 아니고 언제나 자신들에게 고개를 숙이던 나라의 관리가 고개를 들고 요구를 하고 있으니 뒷목이 뻣뻣해졌다.

"그리고 퇴역해 비축물자로 돌려진 항공모함 한 척을 주십시오."

"뭐라고요? 그건 도저히 들어줄 수 없습니다. 그리고 한국에 굳이 항공모함이 필요합니까?"

김세진 원장이 항공모함을 요구하자 리노 레이놀즈 국무장관은 지금까지와는 다르게 격하게 거부 반응을 하였다.

그렇지만 이미 작정한 것이기에 김세진 원장은 더욱 강력하게 한국의 요구를 주장했다.

"왜 우리는 안 되는 것입니까? 일본도 3년 전에 미국의 지원을 받아 원자력 항공모함 야마토를 건조하지 않았습니까?"

김세진 원장은 3년 전 일본이 건조한 일본 최초 원자력 항공모함 야마토를 언급했다.

일본이 항공모함을 건조한다고 했을 때 영토분쟁을 하고 있는 중국뿐만 아니라 한국과 필리핀 등 동남아 모든 국가들이 반대를 하였다.

그렇지만 미국은 일본의 손을 들어 줬을 뿐 아니라 자국의 항공모함 건조 기술 일부를 일본에 전수했다.

이는 날로 팽창하는 중국의 군사력을 우려한 미국의 자구책으로 일본의 전력을 향상시켰다. 중국을 견제한다는 취지로 기술 전수까지 하며 일본이 원자력 항공모함을 가질 수 있게 지원을 하였다.

그런데 대한민국은 항공모함을 가지면 안 된다고 하는 레이놀즈 국무장관의 말에 김세진은 더욱 차갑게 응수했다.

일본을 언급하자 리노 레이놀즈는 순간 할 말이 없어졌다.

사실 일본이 항공모함을 가지는 데 결정적인 역할을 한 사람이 바로 그이기 때문이다.

일본은 센카쿠 열도를 두고 중국과 첨예한 대립을 하고 있었다.

그런데 지리적으로 센카쿠는 일본 본토로부터 상당히 떨어져 있는 지역이었다.

그런 센카쿠를 지키기 위해선 해군 함대는 물론이고 공군의 지원이 원활해야 하는데, 중국은 항공모함을 가지고 있어 쉽게 전투기의 지원을 받을 수 있었다.

그에 반해 일본은 본토에서 전투기가 중국 전투기에 대응하기 위해 뜨기에는 시간적으로 불리했다.

이를 극복하기 위해 일본도 중국처럼 항공모함의 필요성

이 대두되었는데, 사실 일본은 오래전부터 항공모함을 가지려 하였다.

그렇지만 2차 대전 패전으로 인해 일본은 생존을 위해 평화헌법이란 것을 발표하였다.

그 때문에 항공모함의 필요성을 느끼면서도 법적 한계 때문에 무산되었다.

하지만 세월이 흐르고 일본의 군사력을 제한하는 평화헌법을 개정하면서 그 길을 열었다.

법을 개정했다고 해서 항공모함을 바로 만들 수 있는 것은 아니었다.

항공모함을 건조하기 위해선 상당한 기술이 요구되었지만 당시 일본에는 항공모함을 건조할 정도의 기술은 남아 있지 않았다.

2차 대전 당시 항공모함을 건조할 기술을 가지고 있었지만 평화헌법으로 그런 기술들은 모두 사장이 되었다.

그 때문에 일본은 최고의 항공모함 건조 기술을 가지고 있는 미국에 로비를 하였다.

그동안 보유하고 있던 미국의 채권을 상당 부분 처분하면서 미국에 로비를 하여 각고 끝에 원하던 항공모함을 가질 수 있었는데, 이때 미국에서 항공모함 건조 기술을 전수

할 수 있게 힘쓴 사람이 바로 리노 레이놀즈 국무장관이었다.

그러한 사실을 알고 있는 김세진은 이번 기회에 한국도 항공모함을 보유할 수 있는 길을 연 것이다.

그리고 조금 전 협상 조건으로 내세운 전투기도 바로 항공모함을 보유하게 되었을 때 사용할 함재기용 전투기인 슈퍼호넷을 말한 것이다.

"뭐, 무장과 원자로를 철거하셔도 됩니다. 저희는 항공모함을 가지게 된다면 비싼 연료인 핵연료를 사용하지 않을 계획이니까요."

"예, 그게 무슨 소립니까? 그럼 한국 대표의 말은 무장과 엔진을 뺀 껍데기만 있는 항공모함을 원한다는 소리요?"

리노 레이놀즈는 도저히 믿을 수가 없었다.

사실 항공모함에서 가장 중요한 것이 바로 항공모함을 지킬 최소한의 무장과 항공모함을 움직일 수 있게 만드는 엔진이었다.

미국의 항공모함은 항공모함 중에서도 대형에 속한다.

배수량이 100,000톤이 넘는 대형 항공모함을 핵추진이 아니라면 어떻게 운용할 것인지 알 수가 없어 고개를 갸웃거릴 수밖에 없었다.

"그건 저희가 알아서 할 것이니 미국은 비축물자로 빼놓은 항공모함을 저희에게 파시면 됩니다. 어떻습니까? 그 정도면 미국도 충분히 생각해 볼 수 있지 않습니까?"

김세진 국정원장의 말에 리노 레이놀즈 국무장관도 잠시 생각을 하다 고개를 끄덕였다.

하지만 다른 것도 아닌 항공모함이기에 아무리 국무장관이라 하지만 이번만은 쉽게 생각할 수 없었다.

"음, 아무리 그래도 그 문제는 내 선에서 확답을 드릴 수가 없을 것 같습니다. 백악관과 논의를 해 봐야 할 것 같습니다."

"알겠습니다. 하긴, 다른 것도 아닌 항공모함이니 그럴 수 있겠지요."

김세진 국정원장은 레이놀즈 국무장관의 말에 수긍을 하였다.

아무리 비축물자이고 또 주요 장비들을 뺀 덩어리라고 하지만 쉽게 결정할 문제는 아니었다.

사실 이렇게 김세진 국정원장이 무리한 요구를 하는 것에는 다 이유가 있었다.

미국이 한국에 요구한 플라즈마 실드 발생장치의 수량이

장난이 아니었기 때문이다.

1차 주문량만 무려 2만 대였다. 그리고 1차로 보급 되는 플라즈마 실드 발생장치는 전적으로 해외에 파병 나가 있는 미군전력에 우선으로 보낼 수량이었다.

그 말은 본토에 남은 전력에 필요한 수량은 뒤에 따로 주문을 해야 한다는 소리다.

1차 협상에서 윤재인 대통령으로부터 개량형 플라즈마 실드 발생장치의 판매 가격을 80억 원, 달러로 800만 달러로 협상을 하였다.

즉, 1차 협상에서는 미국이 원하는 수량과 한국이 판매하는 플라즈마 실드 발생장치의 가격에 대한 협상을 마무리 한 것이고, 이번 2차 협상은 판매 가격을 미국이라고 해도 현금으로 지불할 수 없었기에 그것의 일부를 현물로 받는 협상을 벌이는 것이다.

그리고 여기서 김세진 국정원장은 사전에 국방부와 협의한 대로 대한민국 군이 가장 필요로 하는 것들을 지금 미국에 요구하고 있는 중이다.

1차 플라즈마 실드 발생장치의 거래 가격만 1,600억 달러다.

한국이 요구하는 것은 실제 미국의 입장에서 그리 나쁜

조건은 아니었다.

다만 항공모함이라는 예상치 못한 카드를 가지고 나온 한국의 요구에 당혹감을 감추지 못할 뿐이다.

더욱이 한국이 전투기 100대를 주문한 것은 가뜩이나 침체되어 있는 미국 경제에 적으나마 새로운 피를 수혈해 줄 수 있는 것이었다.

그런데 레이놀즈 국무장관은 한국이 필요로 하는 전투기 의 숫자가 훨씬 더 많다는 것을 이미 알고 있었다.

다만 한국이 요구한 슈퍼호넷이란 기종을 생산하려면 폐 쇄했던 라인을 제 가동해야 한다는 문제가 있었다.

물론 그런 것이야 생산업에서 충분히 감당할 수 있는 문 제다.

무려 전투기 100대나 새로 생산을 하는 문제이기에 협 상만 잘한다면 충분히 수지타산이 맞는 문제였다.

아니, 어쩌면 폐쇄했던 라인을 한국에 팔 수도 있을 것 으로 예상이 되었다.

분명 한국 측 대표가 라이센스를 달라고 했으니 아마도 본국에서는 굳이 폐쇄시킨 생산라인을 고물로 가지고 있기 보단 한국에 떠넘기려고 할 것이 분명했다.

이런 저런 예상을 하며 백악관이 어떤 결정을 하던 리노 레이놀즈 국무장관은 느긋하게 기다리기로 하였다.

1차 협상에 이어 2차 협상도 무사히 넘긴 리노 레이놀즈 국무장관은 이번 방한이 결코 나쁘지 않다고 생각을 하였다.

처음 윤재인 대통령을 만나 협상을 하기 전 약간의 마찰이 있기는 했지만 그건 전적으로 CIA의 잘못으로 인해 벌어진 일로 그 건에 대해선 확실한 보답을 할 생각이다.

이런 생각을 하고 있을 때, 한편으로 이번 한국의 협상 결과가 언론에 알려지게 된다면 어떻게 될 것인지 생각을 해 보았다.

한국이 플라즈마 실드 발생장치의 거래를 두고 많은 군사력을 키우려고 한다는 것을 알 수 있었다.

비록 구형이기는 하지만 슈퍼호넷은 결코 현재 각국에서 운영 중인 전투기 기종과 비교해 결코 떨어지는 전투기가 아니다.

더욱이 한국은 전투기만 요구한 것이 아니라 항공모함도 운영할 계획인지 항공모함까지 요구를 하였다.

중국이나 일본이 운영하는 배수량 5만 톤의 중형 항공모함이 아닌 10만 톤의 대형 항공모함을 요구하였다.

물론 원자로를 뺀 것으로 원자력 항공모함이 아닌 디젤

엔진을 이용하는 재래식 항공모함이기는 하지만, 10만 톤이라는 배수량은 결코 무시할 수 있는 것이 아니다.

크기가 크기다 보니 연료 구획을 빼더라도 운영 가능한 전투기가 최소 60대는 될 것이다.

그 말은 한국의 항공 전력이 2배로 늘어나는 것이나 마찬가지였으며, 그 작전 반경은 그동안 동해를 벗어나지 못한 것을 탈피하고, 항공모함이 운영되는 모든 지역까지 대한민국의 작전 반경으로 들어가게 되는 것이다.

이는 일본과 첨예하게 대립하고 있는 독도 문제에 한국이 유리한 고지를 점할 수 있는 일이었다.

이런 예상을 하자 리노 레이놀즈 국무장관은 저절로 입가에 미소가 걸렸다.

'협상이 끝나면 바로 귀국할 것이 아니라 일본에도 들려야겠군!'

한국이 이번 협상으로 많은 군사 장비를 보완해 전력이 상당히 오를 것이다.

한국이 전력이 오르는 것은 미국 입장에서 나쁠 게 없다.

그렇지만 한국이 전력이 오르면 동북아시아의 강국인 중국과 일본도 덩달아 전력을 확충하려고 할 것이라 예상한 레이놀즈 국무장관은 동맹인 일본을 다음 경유지로 결정하였다.

일본이 가끔 미친 짓을 해서 그렇지 미국 입장에서 일본처럼 말을 잘 듣는 나라는 보기 드물었다.

아마도 한국이 새롭게 많은 숫자의 전투기를 구매하고 또 항공모함까지 구매하려고 한다는 것을 알게 된다면 일본도 한국 못지않은 숫자의 전투기와 각종 군수 장비를 사들일 것이 분명했다.

그리고 그 모든 것은 미국의 경제에 큰 보탬이 될 것이다.

〈『그레이트 코리아』 제8권에서 계속〉

http://www.bbulmedia.com